# L'HOMME – JOIE

CHRISTIAN BOBIN

# 환희의 인간

크리스티앙 보뱅 | 이주현 옮김

1984BOOKS

Écrire,
c'est dessiner une porté
sur un mur infran-
chissable, et puis
l'ouvrir.

글쓰기란 넘을 수 없는 벽에 문을 그린 후,

그 문을 여는 것이다.

15p  서문

27p  마리아예요
C'est Maria

35p  술라주
Soulages

47p  저항할 수 없는
L'irrésistible

63p  왕자
un prince

71p  푸른 수첩
un carnet bleu

77p  협죽도
Le laurier-rose

87p  사자상 머리
La gueule du lion

95p  금빛 눈동자
Des yeux d'or

107p   새로운 삶

Vita Nova

117p   삶의 손길

La main de vie

125p   살아 있는 보물

Trésors vivants

137p   멈춰 있는 순간들

Les minutes suspendues

147p   천사보다 나은

Mieux qu'un ange

157p   작은 숯

Le petit charbonnier

163p   반환

La restitution

173p   열쇠 꾸러미

Un trousseau de clés

180p   환희의 꽃, 환희의 설거지

(추천사, 김연덕 시인)

"보뱅만의 스타일이 있다. 단어가 주는 기쁨과 단어가 전달하는 빛으로 문학을 대하는 것이다"라고 벨기에 시인이자 갈리마르의 편집자인 기 고페트(Guy Goffette)는 말했다.『환희의 인간』은 영혼으로 이끄는 가장 단순한 길을 거쳐 본질 안으로 곧장 들어간다.

– 프랑스 저널「르몽드」

크리스티앙 보뱅은 어떤 꼬리표로도 가둘 수 없는 작가이다. "글쓰기란 넘을 수 없는 벽에 문을 그린 후, 그 문을 여는 것이다." 첫머리부터 이런 문장을 제시하는 사람의 책을 어떻게 평가해야 하는가? 보뱅식 마법이 있다. 사소한 디테일, 세심한 주의를 기울여 선택된 단어, 어둠과 죽음 속에서도 이끌어 낸 미소와 웃음으로 이루어지는 마법이. "나의 문장이 미소 짓고 있다면, 바로 이러한 어둠에서 나왔기 때문입니다"라고 그는 고백한다. 그의 작품은 그가 '멜랑콜리'라고 이름 붙인 천사와의 투쟁이다. 글쓰기 덕분에, 그는 그 투쟁에서 승리를 거두었고, 우리 독자들은 그를 믿을 수 있다.

– 프랑스 저널「렉스프레스」

우리는 손에 펜을 들고 보뱅의 글을 읽는다. 문장을 옮겨 적고, 밑줄을 그어가며, 그렇게 천천히 읽는다. 문단의 끝에서 잠시 멈춰 책을 내려놓고 산책을 하며 잿빛 아스팔트와 일상의 연기 속에서 마침내 삶을 느낀다.

– 저널리스트, 문학평론가, '프랑수아 부넬'

그는 일상의 기계적인 반복에 사로잡힌 우리들이 보지 않거나 더는 볼 수 없는 것을 보게 만든다. 그런 점에서 그는 진정한 시인이다.

– 프랑스 저널「르피가로」

일상을 시로 바꾸는 데 있어서 보뱅을 따라올 자는 없다. 유행과는 거리가 먼, 분류할 수 없는 이 작가는 동사의 수정 같은 투명함을 우리에게 보여준다. 그는 침묵에 귀를 기울이고 아름다움을 숨죽여 기다리며 극도의 주의를 기울여 단어를 선택한다. 그 단어들이 가진 단순함이 우리를 감동시킨다.

– 매거진「프랑스 뮤튜엘」

# 서문

L'homme - joie

당신만 괜찮으시다면 파랑에 대한 이야기로 시작해 볼까 합니다. 사월의 신선한 아침에 맞이하는 그 푸르름 말입니다. 벨벳의 부드러움과 눈물의 반짝임이 담겨 있는 푸르름이지요. 당신에게 이 푸르름만이 가득 담긴 편지를 쓰고 싶습니다. 편지는 앙베르나 로테르담의 보석 마을에서 다이아몬드를 고이 감쌀 때 쓰는 종이를 떠올리게 할 거예요. 결혼한 신랑의 셔츠처럼 새하얀 그 종이에는 투명한 소금 결정, 동화 속 아이의 운명을 결정짓는 하얀 조약돌, 갓난아이의 눈물 같은 다이아몬드가 담겨 있지요.

우리의 생각은 연기처럼 올라가 하늘을 흐리게 만듭니다. 나는 오늘 아무것도 하지 않고, 아무런 생각도 하지 않았어요. 그러자 하늘이 내 손안으로 들어왔습니다. 이미 저녁이지만, 당신에게 오늘의 가장 아름다운 순간을 전하지 않은 채로 하루를 흘려보내고 싶지 않네요.

당신은 나와 같은 눈으로 세상을 바라봅니다. 이 세상은 한낱 전쟁터에 지나지 않지요. 사방에는 검은 갑옷을 입은 기병들이 득실대고, 영혼의 깊은 곳에서는 칼날이 부딪는 소리가 들려옵니다. 하지만 그런 것은 중요한 게 아니에요. 연못 옆을 지나는데, 그곳이 수초로 가득 덮여 있더군요. 중요한 건 바로 이런 거예요. 우리가 모든 생명의 온화함을 훼손시켜도, 도리어 그 생명은 더욱더 풍요롭게 돌아옵니다.

전쟁에는 마음을 사로잡는 어떠한 신비로움도 없습니다. 하지만 빽빽한 나무 기둥 사이로 날며 숲속으로 달아나던 새는 내 마음을 사로잡았습니다. 나는 지금 너무도 작아서 말로 하면 훼손될 위험이 있는 어떤 것에 대해 이야기하려 애쓰는 중입니다. 살짝 만지기만 해도 유리처럼 깨지는 날개를 가진 나비도 있지요. 새는 궁궐의 기둥 사이를 미끄러지듯 지나가는 하인처럼 나무 사이로 날아갔습니다. 아무런 소리도 내지 않았죠. 다만 한 편의 시처럼 반짝이는 빛을 걸쳤을 뿐이었습니다. 비로소 당신에게 말하려 했던 것에 가까이 다가섰네요. 오늘 내가 본 사소한 것, 죽음의 모든 문을 여는 것, 바로 결코 멈추지 않는 삶 말입니다. 삶은 결코 붙잡을 수 없습니다. 우리 마음속 기둥 사이를 빠져 달아나는 새처럼, 삶은 우리 앞에서 달아납니다. 우리는 이 삶에 어울리지 않습니다. 하지만 삶은 그런 것을 신경 쓰지 않죠. 오히려 단 한 순간도 멈추지 않고, 살인자인 우리를 자신의 온화함으로 가득 채워줍니다.

연못은 하늘 아래 꽃을 피우고, 하늘은 연못을 마주하며 곱게 단장하고 있었습니다. 새는 예언하는 듯한 날갯짓으로 숲을 붉게 물들이고 있었어요. 잠시 동안 나는 살아있음을 느꼈습니다. 이 편지가 당신에게 어리석어 보일 수 있다는 것을 알고 있습니다. 하지만 그렇지 않아요. 오히려 어리석은 것은 우리의 마음입니다. 나는 단지 우리가 '화창한 날', '푸른 하늘'이라고 부르는 것에 대해 이야기하고 있는 것입니다. 이러한 표현들에는 신비로움이 묻어 있어요. 한 줄기 빛의 서늘한 칼날이 우리 마음의 문을 열어주면 우리가 수많은 별 아래에 묻혀 있는 것을 보게 되지요. 이따금 그것을 느끼고 고개를 듭니다. 아주 잠시 동안. 우리가 말하는 '좋은 날씨'란 바로 이런 것이에요.

그곳이 천국인지도 모른 채 천국으로 들어서는 한 사람을 떠올려 봅니다. 그는 걱정거리와 해야 할 일들로 가득 찬, 매우 바쁜 사람이에요. 칼날이 부딪쳐 나는 쇳소리가 언제나 그를 따라다닙니다. 참으로 흔하게 일어나는 전쟁이지요. 그러다 일순간 연못 위로 내리는 눈이 빛에 반짝이고, 황금빛으로 빛나는 날개를 가진 새가 세상의 높은 성벽을 허물어뜨립니다. 기대하지 않았던 일이 일어난 거예요. 영원한 삶이란 이런 찰나로 충분하지요. 그렇지 않나요? '우리는 우리가 영원불멸하다는 것을 느끼고 안다'라는 스피노자의 사상에는 자동차 뒷좌석에서 곤히 잠든 아이의 부드러움이 녹아 있습니다. 당신과 나, 그러니까 우리의 마음속 커다란 방 안에는 절대 권력을 가진 '태양왕(LE ROI - SOLEIL)'이 자신의 붉은 왕좌에 앉아 있습니다. 그리고 가끔, 왕은 자신의 왕좌에서 잠시 내려와 길 위에 몇 걸음을 내디디며 '환희의 인간(L'HOMME - JOIE)'이 되는 것이죠. 이렇게나 간단한 일이랍니다.

나는 페이지마다 하늘의 푸르름이 스며든 책만을 좋아합니다. 죽음의 어두움을 이미 경험한 푸름 말이에요. 나의 문장이 미소 짓고 있다면, 바로 이러한 어둠에서 나왔기 때문입니다. 나는 나를 한없이 끌어당기는 우울에서 벗어나려고 발버둥 치며 살아왔습니다. 많은 대가를 치르고 나서야 이 미소를 얻었어요. 당신의 주머니에서 떨어진 금화와 같은 이 하늘의 푸르름을 나는 글을 쓰며 당신에게 돌려드리고 있답니다. 이 장엄한 푸름이 절망의 끝을 알려주며 당신의 눈시울을 붉게 만들 거예요. 무슨 말인지 아시겠지요?

En écrivant à la main je compte les moutons que je n'ai pas.

손으로 글을 쓰며 오지 않는 잠을 청한다.

마리아예요

C'est Maria

"마리아예요." 그녀는 그렇게 말한 뒤 아무 말도 하지 않는다. 수화기 저편 너머의 정적은 너무도 순수해서 아무도 그것을 깨뜨릴 생각조차 하지 못한다.

"마리아예요." 배 속에 아이를 가진 어린 집시의 목소리가 신보다 앞서 존재하던 깊고 어두운 밤에 떨린다. 검은 상자 위의 보석처럼 빛나는 목소리. 울림조차 없다. 장미의 검은 심장 안, 세월에 대한 풍문은 더 이상 들리지 않는 곳, 우리는 기적의 한 가운데에 있다.

"마리아예요." 이 주 후면 그녀의 아이가 태어나 집시의 작은 눈 속에 담긴 광휘를 세상에 비출 테지만, 지금은 아이를 품고 있는 자의 놀란 목소리만이 있을 뿐이다. 자신이 가진 선함을 알지도 듣지도 못한 채, 그녀는 홀로 있다. 천지창조가 있기 전, 천국의 문이 열리기 전이다. 신은 아직 깨어나지 않았고 아담과 이브는 그저 평범한 농사꾼이다. 집시는 그들보다 먼저 존재했다. 은하수를 따라 카라반을 몰았고 별과 별 사이 어둠 속에서 잠을 청했다. 살과 피, 그리고 목소리뿐인 신을 따뜻하게 감싸기 위해 손을 비볐다.

"마리아예요." 그녀는 늘 그렇게 전화를 받는다. 언제나 왜곡되는 대화의 빛 아래 자신을 먼저 드러내지 않기 위해서 마치 그녀가 그녀 자신 바깥에 있는 것처럼, 수줍음에 다른 누군가를 내세우듯 전화를 받는다. 하지만 그다른 누군가는 다름 아닌 그녀이다.

"마리아예요." 이 말이야말로 삶에서 생각해야 할 전부다. 자신의 목소리, 자신이 뱉은 말 그리고 강렬한 침묵속에서 불쑥 나타나는 인간 외에 다른 수수께끼는 없다.

내가 그녀를 처음 만났을 때, 그녀는 10살이었다. 어쩌면 7살이었을지도 모르겠다. 집시 아이들은 늘 실제보다 더 나이 들어 보이니까. 경험이라는 성스러운 피로 가득한 그들의 육신 때문이다. 아비뇽의 한 여름이었다. 그녀는 자신의 동생인 소랭과 함께 있었다. 교황을 직접 만난다 해도 그들의 등장만큼 인상 깊지는 않을 것이다. 그들은 믿을 수 없을 만큼 고요했다. 보석 같은 육신 안에는 생각으로 가득 찬 두 덩이의 에메랄드가 두 눈을 대신하고 있었다. 아무도 존재를 알아차리지 못하는 왕과 왕비가 햇빛 비치는 먼지 자욱한 거리에 서 있는 것 같았다. 나의 도시, 나의 방을 한 번도 떠난 적 없던 내가 뜻밖에 높은 하늘의 대사를 만난 것이다. 한 편의 걸작 같은 두 사람은 움직이지도 말하지도 않는 채로 푸른 하늘을 삼킬 듯이 바라보고 있었다. 백 년 후 나는 더 이상 존재하지 않겠지만, 내 영혼은 그들을 야생과 순수함이 결합된 숭고한 모습으로 언제까지나 기억할 것이다.

"마리아예요." 그녀는 자신이 온 것을 알리자마자 같은 숨결에 사라진다. 집시의 수줍음은 제비꽃을 닮았다. 별빛의 차가움 속에 그녀가 자신보다 앞에 내던지는 그 이름은 성당의 문 앞에서 수녀들이 발견한 젖먹이와 비슷하다. 푸르름이 새어 나가는 것을 막기 위해, 순수한 마음이 깊은 어둠 속에 잠기는 것을 막기 위해, 또 언젠가 버림받을지도 모른다는 마음속 두려움을 막기 위해 그곳에 계신 하나님의 보살핌에 맡겨진 이름이다.

"마리아예요." 우리가 하는 말에는 더 이상 아무런 의미도 없고, 아무 일도 일어나지 않는다. 우리가 드러내는 겉모습은 우리를 눈멀게 했고, 우리를 불편하게 하던 순수한 영혼의 얼굴을 우리 스스로 씻어내 버렸다. 갓난 아이가 손만 뻗으면 닿을 수 있던 신은 이제 우리에게서 몇 광년이나 떨어져 있다. 하지만 접시와 길고양이, 접시꽃은 우리가 더는 알지 못하는 영원한 것에 대해 알고 있다.

술라주

Soulages

만약 저승길이 있다면 몽펠리에 미술관 입구와 같지 않을까. 한 강의에 초대되었다. 역으로 마중을 나온 이가 호텔 방까지 안내해 주었다. 시끄러운 뻐꾸기가 매 시각을 알리는 스위스 시계처럼 어두운색의 고급 목공예로 장식된 곳이었다. 약속 시간까지는 세 시간이 남아 있었다. 술라주*의 작품을 전시 중이라는 미술관 안내문을 발견한 나는 호텔을 나와 푸른 하늘 아래를 걸었다. 미술관의 모습은 바흐의 파르티타처럼 잔잔하게 주변과 조화를 이루고 있었다. 안으로 한 걸음 들여놓자, 바닥에 흑백으로 그려진 각진 무늬들에 압도되어 어찌할 바를 몰랐다. 거대한 홀은 마치 도굴된 무덤처럼 비어 있는 동굴 같았다. 누군가가 소지품 보관소에 영혼을 맡기고 오라고 해도 놀라지 않았을 것이다. 관람 순서 안내를 주의 깊게 들었지만 조금도 이해하지 못한 나는 되는대로 발

---

* 피에르 술라주(Pierre Soulages, 1919~2022), '검은색의 화가'로 불리우는, 프랑스를 대표하는 예술가.

길을 옮겼다. 그러다 마침내, 가장 높은 곳 마지막 층에서 술라주의 작품을 만났다.

무엇을 보느냐에 따라 우리는 달라진다. 우리가 보는 그것이 우리 자신을 드러내고, 이름을, 진정한 자신의 이름을 부여한다. 술라주의 그림 앞에서 나는 세탁실 빨랫줄에 널린 검은 침대 시트 앞에 서 있는 어린아이가 된다. 그림들은 그곳에 있다는 사실에 조금은 무감각해진 채로 살아 엎드려 있는 거대한 짐승 같다. 하얗게 빛나는 빛이 짐승들의 옆구리를 비춘다. 그들의 숨결은 무겁고 더디며 고요함에 젖어 있다. 불멸의 검은 풀을 되새김질하는 짐승 앞에서 나는 무엇을 해야 할지 몰랐다. 홍수보다 훨씬 더 위압적인, 술라주의 그림들이 내뿜는 짙은 정적에 휩싸여 몽펠리에는 사라지고 없었다.

황금빛 예수 수난상 앞에서 느낄 법한 육중한 고요함이 다가온다. 오래전 십자가로 흡혈귀를 멈추게 했듯, 술라주의 시각은 그 강렬함으로 죽음마저 멈추게 한다. 그림에서 뿜어져 나오는 검은빛이 내 뇌를 조직한다. 대들보를 세우고, 애도를 곁에 두른다. 연회검 끝의 섬광처럼 반짝이고 빛의 무도를 여는 참수처럼 날카로운 검은빛이다. 그의 작품은 대기를 불러들여 절벽에서 거센 바람을 일으킨다. 나는 현대 작가의 작품이 아니라 원시 시대의 작품 앞에 서 있는 듯하다. 술라주의 그림은 일부분이 관람객의 시선으로 완성되는 참선의 집과도 같다.

검은 옷을 입은 흑인 관리인이 뒷짐을 진 채 전시실을 돌아다닌다. 시곗바늘 없는 시간의 순교자. 검은 타르를 칠한 가죽에서 땀처럼 빛을 흘리는 선사 시대의 성스러운 짐승들 사이에 우리 둘만이 있을 뿐이다. 나는 무언가에 이끌리듯 그에게 다가가 그림들에 대한 그의 생각을 물어본다. "저희는 작품에 대한 의견을 말할 수 없습니다, 선생님." 그래도 내가 집요하게 묻자, 가련한 그가 우물거린다. "미술관의 작품에 대한 평가가 아무리 금지됐다 해도, 우리도 생각하고 느끼는 사람이긴 하지요." 나는 그를 더는 괴롭히고 싶지 않아서 발걸음을 옮긴다. 유화의 검은 줄무늬가 셔터를 내린 신의 상점을 떠올리게 하는 마지막 작품을 지나친다. 그날 저녁, 한 부인이 자기 아이가 네 살 때부터 술라주의 그림을 좋아했는데 이유를 모르겠다고 한다. 그 아이와 비슷한 나이 때 술라주는 눈이 내린 풍경을 모두 검게 칠했다. 나는 내 앞에 있는 아이를 이해한다. 어린아이였던 술라주도 이해한다. 그러나 아무것도 설명할 수가 없다. 설명으로는 결코 이해시킬 수 없다. 진정한 깨달음의 빛은 누군가가 결정

할 수 없는 내적 분출인 영감에서만 올 수 있는 것이다.

밤과 죽음이 우리 곁에 다가와 끝을 알려주듯 관리인이 다가와 곧 문을 닫을 것이라고 말한다. 호텔로 되돌아가는 길, 몽펠리에의 플라타너스가 하얀 별이 지글거리는 은하수까지 내 머리를 들어 올린다. 누구도 반박할 수 없는 검은 하늘을 배경으로 마법처럼 하얗게 불탄 자국들. 나는 다시 스위스 시계 같은 호텔 방으로 돌아와 잠에 든다. 매일 밤 그러듯, 내일은 더 아름다운 일이 찾아올 거라 생각하면서.

Je rêve d'un petit livre
dur comme le crâne
rasé d'un enfant
bagnard mais dont
la fontanelle ne
serait pas encore
soudée.

나는 숨구멍도 아직 닫히지 않은 어린 죄수의 삭발한
머리처럼 작고 단단한 책을 꿈꾼다.

저항할 수 없는

L'irrésistible

그는 세상을 떠난 후 캐나다에서 산다. 그곳은 하얗게 빛나는 차가운 눈처럼 추운 곳이다. 그는 죽고 난 후 하얗게 얼어버린 빛 속에서 산다. 언제 죽음을, 캐나다로 갈 결심을 한 걸까. 당신은 더는 알 수가 없다. 레코드 음반 재킷 위에 분명히 적혀 있지만, 당신에겐 레코드 음반이 없고 몇 개의 카세트테이프 뿐이다. 거기서는 글자를 찾아보기 힘들거나 때론 아무것도 적혀 있지 않다. 다만 얼굴, 목자 또는 미치광이 같은 그의 얼굴만이 있을 뿐이다. 눈을 맞고 있는 목자의 얼굴, 빙판 위 미치광이의 얼굴만이. 어쨌든 날짜는 그리 중요한 게 아니다. 그것은 당신이 생각에 잠겼을 때 그 어떤 명료한 것도 가져다주지 않을 것이며, 무엇도 정확히 말해주지 않을 것이다.

어떤 일이 일어났을 때, 그 일이 실제로 일어나는 것은 결코 그 순간이 아니다. 죽음, 사랑, 아름다움, 이 모든 것들이 은총과 우연에 의해 불시에 나타날 때, 그것은 결코 그 순간에 일어난 것이 아니다. 그 순간엔 아무런 일도 일어나지 않았다. 단지 시간만이 있을 뿐이다. 그러니 아주 일찍 시작됐다는 걸 아는 것만으로도 충분하다. 아주 일찍, 그의 삶에 죽음이 찾아왔다는 것을.

그 전에 그는 공연을 한다. 아니, 오케스트라를 군림한다고 해야 할까. 실제로 그는 피아니스트일 뿐이지만 지휘자, 앙상블, 오케스트라의 어떠한 통제도 끈질기게 거절한다.

나는 내 방식대로 연주합니다. 차갑고도 정열적인 방식이죠. 내킨다면 나를 따라오세요. 악보라는 북극으로, 음악이라는 어두운 소나무 밑으로. 할 수 있다면 나를 따라오세요. 내가 가는 곳으로, 내가 연주하는 곳으로. 오직 순백의 음악만이 있는, 아무도 없는 그곳으로.

그렇다. 수많은 계약서에 사인을 하고 장밋빛 찬사를 받고 사진에 찍히고 악수를 나눈 후에도 여전히 매우 젊은 그가 말한다.

이제 그만두겠습니다. 다른 할 일이 있어서요. 서리가 내려앉은 곳에 가야해요. 양해 부탁드립니다. 저를 너무 원망하지는 마세요. 캐나다에서 약속이 있습니다. 음악, 음악의 고독, 고독의 고독과 말이죠. 저는 이제 떠나겠습니다. 제가 여러분을 떠나니, 여러분도 저를 떠나주세요. 여러분은 저를 사랑합니다. 사랑한다고 말하면서도 여러분은 여러분이 하는 말의 의미를 잘 모르고 있어요. 여러분은 저를 지나치게 사랑합니다. 오히려 저를 가두려고 하죠. 제가 있는 곳에, 여러분이 있는 곳에, 검은색 피아노와 붉은 관람석 사이 이 따뜻한 곳에 여러분들과 함께 저를 가두려고 합니다. 저는 이런 따스함보다 추위가 더 좋습니다. 마음 상하지 말아요. 저는 여러분의 사랑을 먹고 자랐습니다. 이제 컸으니 다른 곳으로 가서 다른 것을 찾아봐야겠어요. 이 사랑만 먹으며 살 수는 없습니다. 어느 누구도 먹기만 하며 인생을 보낼 수는 없을 겁니다. 엽서를 보내겠습니다. 여러분을 위해 음반을 만들게요. 이제 공연이 아닌 음반으로만 만나요. 제 소식과 북극의 사진을 보내드리겠습니다. 음식보다 더 영양가 있는 음식, 음악보다 더 섬세한 음악. 빵의 평온과 포도주의 고요함을 보고 들으실 거예요. 여기저기 짧은 메모도 남기겠지만, 가능한 한 그러지 않을 생각입니다. 이제 필요한 건 듣기 위해서 연주할 필요가 없는 음악이에요. 그것을 꿈꾸고 있습니다. 저는 돈이 있어요. 여러분의 사랑이 가져다준 재산이지요. 정말 많아요. 이 돈으로 스튜

디오를 사고, 장비, 녹음테이프, 마이크를 샀어요. 차가운 눈 아래에 놓인 뜨거운 심장으로, 제 빙하에서 백 년은 버틸 준비가 됐습니다. 그러니 이제 저를 보내주세요. 더 이상 연주회는 없습니다. 공연은 끝났어요. 내가 불편했던 것, 그러니까 연주회에서 나를 항상 불편하게 했던 것은 사람들이 본다는 것입니다. 보는 것은 듣는 것을 방해하거든요. 사람들은 한쪽으로는 음악을 들으며 다른 한쪽으로는 음악가를 보거나, 또는 가슴이 깊게 파인 옷을 입은 왼쪽 둘째 줄에 앉은 아름다운 여성을 봅니다. 이미 알고 계시는지 모르겠습니다만, 우리는 동시에 두 가지를 할 수 없어요. 두 말을 같은 리듬으로 달리게 하는 것이 불가능하듯, 보면서 들을 수는 없습니다. 시각이 우세하지요. 훨씬, 정말 훨씬 강해요. 연주회에는 여러분과 나 그리고 피아노, 이렇게 셋이 있습니다. 음악까지 포함한다면 넷이겠네요. 너무 많아요. 너무 많아서 시끄러워지고, 결국 우리는 아무것도 듣지 못합니다. 드러난 어깨 위의 실크가 바스락거리는 소리만 남을 뿐이에요. 캐나다에서는 저를 더는 보지 못할 테니 들을 수 있을 겁니다. 여러분이 캐나다에 가지 않기 때문에 제가 가는 거예요. 캐나다에는 저와 제 피아노 그리고 음악만이 있을 겁니다. 일단은 말이죠. 그러다 결국 음악만이 남을 거예요. 피아노도, 저도, 어떤 무엇도 중간에 거치지 않은 음악만이요. 나중에 레코드를 들으시면, 제가 오늘 저녁, 떠나는 이 밤에 여러분께 하는 이야기를 이해하실 겁니다. 안녕히 계세요, 잘 있어요. 고맙습니다.

그러고는 아무 일도 일어나지 않는다. 그의 이름이 찍힌 음반만이 나올 뿐이다. 소나타 도입부처럼 생기 있고 건조한 이름, 글렌. 아다지오의 깊은 전율처럼 좀 더 둔한 소리의 성, 굴드. 소리의 북극여우이자 마멋인 글렌 굴드. 그는 바흐를 연주한다. 연주하고 또 연주하며 바흐에만 매달린다. 사실 그는 어떤 곡이든 연주할 수 있었고 그의 매력, 그가 연주하는 음표들의 끝에서 나오는 젊은 왕자의 위엄은 한결같았을 것이다.

우리는 말을 할 때 바로 그 말속에 머물며, 침묵할 때면 바로 그 침묵 속에 머문다. 하지만 음악을 연주할 때는 그 자리를 정리하고 벗어나, 말과 침묵의 고역에서 해방된 희미한 선율 속으로 멀어져 간다. 어디로 향하는지도 모르는 채 멀어져 가는 한 젊은 남자처럼, 우리도 멀어져 간다. 목적지를 안다면 멀어지는 것이 아니다. 음악 안에 있다는 건 사랑 안에 있는 것과 같다. 연약한 인생의 오솔길에 들어선 것이다. 우리는 A라는 점에서 B라는 점으로, 한쪽 빛에서 다른 쪽 빛으로 건너간다. 어둠 속에서 비틀거리며 그사이 어디쯤에 우리가 있다. 불확실함을 견디고 주저함에 미소지으며, 다른 모든 것은 잊은 채로 우리 안의 희미한 생의 움직임에 주의하면서 말이다.

여러 해 동안 이 엄격한 젊은이가 당신의 집으로 찾아온다. 자신의 피아노와 의자를 가지고, 건반 위에서 흥얼거리거나 완벽한 음악 위에 다듬지 않은 목소리와 거친 숨소리를 자유롭게 두는 습관을 가지고 온다. 당신은 그의 연주를 하나씩 차례로 고장 나는 볼품없는 장비들로 듣고 있다. 먼저 부엌에 있는 소형 라디오, 다음에는 거실에 있는 녹음기가 고장 난다. 알람 라디오는 아직 버티고 있지만 얼마나 버틸지는 알 수 없다. 당신은 그냥 그렇게 둔다. 마치 여생을 함께할 것처럼 이 기계들과 함께한다. 딱히 고치려 하거나 처음의 완벽한 상태, 예전의 상태로 되돌리려 하지 않는다. 이것은 하나의 원칙이다. 당신이 알고 있는 몇 안 되는 원칙 중의 하나, 아니 어쩌면 유일한 원칙이다. 결코 순리를 거스르지 않는 것, 특히 재앙에 저항하지 않는 것. 만약 능력이 없다면, 즉 듣고 쓰고 사랑할 능력이 없거나 숨 쉬는 것마저 힘겨워질 때면 무능력에 모든 자리와 모든 시간을 내어주는 것이다. 그러니 기계들을 고치지 않는다. 게다가 돈은 부족하고, 얼마 지나지 않아서 또 다른 곳이 고장 날 테니 고쳐

봐야 소용이 없을 것이다. 당신에게는 '일체형 오디오'가 없다. 그 단어가 당신에게 반감을 일으키기 때문이다. 가진 것이라고는 볼품없는 장치들뿐이다. 카세트테이프를 갉아 먹으며, 어둠 속에 갇힌 요정의 신음하는 소리처럼 점점 가늘어지는 소리를 재생하는 변덕스러운 기계들 말이다. 하지만 그것은 중요하지 않다. 거슬리지 않는다. 삐걱거리는 소리와 멜로디, 거친 소리와 부드러운 음, 기계와 영혼의 뒤섞임에 매우 만족해할 수도 있다. 이따금 기계들이 심술궂은 생각을 멈추면 음악만이, 침묵의 벨벳 위로 넓게 드리워진 음악만이 들린다. 피할 수 없는 잡음이 다시 돌아와도 음악을 듣고 즐기는 데 방해되지 않는다. 더구나 털장갑을 낀, 하얀 땅의 젊은 피아니스트도 그런 말을 한다. 한 인터뷰에서 그는 연주실에서 최고의 예술을 찾는 방법으로 피아노 옆에 놓인 청소기를 작동시켜 강렬한 소음을 사용한다고 말한다. 소음이 원을 그리며 외부와 그의 생각 사이에 벽을 이룬다는 것이다. 소음은 영혼의 나쁜 부분을 빨아들이고, 순수하게 음악 자체에 주의를 기울이게 한다. 순수함은 순수하지 않은 것들 사이에서 꽃을 피울 때 가장 순수하다. 인생은 여러 갈래 중 한 곳이 막혔을 때 가장 강한 모습을 드러낸다. 그리고 남아 있는 출구로 명쾌하게 흘러간다. 말하자면 수도꼭지의 끝을 손으로 눌러 물길을 좁혔을 때 약하게 흐르던 물이 솟구치는 것처럼 말이다. 그래도 언젠가 끝은 찾아온다. 어느 날 당신의 마지막 기계는 작은 영혼을 신에게 맡기고 차가운 금속의 몸과 침묵, 고집스러운 침묵만 남긴다. 집 안에는 더 이상 눈이 내리지 않는다. 이제 피아니스트는 당신을 만나기 위해 최후의 라디오 카세트가 묵묵히 자신의 일을 하는 자동차에 오른다.

그렇게 당신은 아이를 데리러 학교에 간다. 어린 딸이 차에 올라타서는 자신이 겪은 일을 이야기하느라 바쁘다. 공책에 적은 내용, 책 뒤에 숨어 장난친 일, 학교 운동장에 내리쬔 햇살. 음악은 듣지 않는다. 어느 날 딸이 당신에게 굉장한 소식을 전한다. "친구랑 같이 소설을 쓰고 있어요. 벌써 백 페이지나 썼어요. 아빠한테 아직 보여줄 수는 없지만, 제목만 말해줄게요. 『저항할 수 없는』이에요." 다음날, 딸이 재앙 같은 소식을 전한다. "소설을 쓰던 공책이 물웅덩이에 빠져서 번진 잉크투성이 쓰레기가 돼버렸어요. 소설은 다 녹아버리고 제목만 눈꽃같이 남았지 뭐예요. 뭐, 괜찮아요, 다시 쓰면 되죠." 당신 옆에 앉은 아이는 금세 다른 곳으로 관심을 돌린다. 또 다른 문장을 시작하고 웃고 떠들다 가끔은 음악의 선율과 음표에서 새어 나오는 눈(雪)을 의식하지 않은 채 따라 흥얼거린다. 하얗게 빛나는 수많은 별 아래 마음의

북극으로 떠난 사람처럼 소설에 닥친 재앙을 가볍게 넘
긴다.

　그날 당신은 가장 먼 길로 돌아가며 평소보다 천천히
운전한다. 피아니스트와 아이의 흥얼거림 중 어느 하나
도 놓치지 않으려 조심하면서. 삶의 천재인 두 목소리로
이루어진 칸타타. 아이가 차에서 내리자 아이를 따라 바
흐가 내리고, 그 뒤를 따라 굴드도 내린다. 하루가 가고,
또 하루가 흐른다. 이제 당신은 적막이 가득한 집에서 예
술의 경지에 도달한 젊은 남자의 음악을 듣는다. 바흐 없
는 바흐, 굴드 없는 굴드의 음악을. 그 무엇도 잃지 않은
채로 카세트 없이, 청소기와 피아노도 없이, 음악 없는
이 음악을 듣는다. 연약하고 가엽고 엇갈리고 결여된, 저
항할 수 없는 삶의 숭고한 선율을.

La douceur de ce poème
était si grande qu'à
la fin de ma lecture
je n'avais plus de
corps.

이 시는 너무나도 감미로워서
책을 덮었을 때는 내 육체마저 잃어버린 듯했다.

왕자

Un prince

금빛 진주로 장식된 부푼 블라우스를 입은 왕자가 방에서 나를 기다리고 있었다. 그를 방 안으로 들인 후 나는 그를 잊고 있었다. 그는 창가에서 묵묵히 기다리고 있었다. 서둘러 다가가 보니, 내가 자신을 잊고 있었다는 것을 원망하지 않는 듯했다. 그는 겸손하고 강건했으며, 축복을 내리는 자였다. 햇빛에 빛나는 그의 영혼은 방 안에 성스러운 향기를 퍼뜨렸고, 설령 눈을 감았더라도 방문객이 누구인지 알 수 있을 만한 향기였다. 미모사의 가지였다.

내가 젊었을 때, 내 책들은 모두 스스로 쓰여진 것이었다. 나는 내 책들의 주인이 아니었다. 달, 풀, 태양처럼 빛나는 연인의 얼굴, 삶과 죽음의 결합 그 이상의 삶, 이 모든 것들이 내 책들을 써 내려갔다. 그것들은 겨우 말로만 **내** 책이었을 뿐이다.

나는 삼십여 년간 갇혀 있던 곳에서 나왔다. 연인의 하얀 드레스가 내 마음을 사로잡은 것이다. 이 눈부심으로부터 수없이 많은 편지와 노트가 쏟아져 나왔다. 내가 써 내려간 단어들은 아이들이 손에 쥐고 있던, 바람이 색색의 날개를 어루만지던 작은 바람개비와 같았다. 나는 심장이 요동치는 소리를 들었다. 내 뺨에 닿는 태양의 손길을 느꼈다. 단 한 번의 봄이 일생의 모든 봄이었고, 단 한 순간의 삶이 모든 순간을 살아낸 삶과 같았다. 사랑은 누군가가 강처럼 별처럼, 금은화처럼 당신에게 말을 건네는 순간 시작된다. 그 꽃의 향기는 나를 취하게 하고 어제는 그녀를 취하게 했다. 더는 이곳에 있지 않고 땅속에 머물다 이제는 이름을 알게 된 천사들 곁에 있는 그녀를.

축축한 죽음에서 꺼내어 영원에 말린, 푸른 하늘 옷장에 걸린 하얀 드레스.

사랑하는 이가 떠났다는 소식을 들을 때, 우리는 대리석같이 단단한 주먹으로 가슴을 한 대 맞은 것처럼 느낀다. 여러 달 동안 숨을 제대로 쉴 수 없고 충격에 뒷걸음질 친다. 더는 세상 안에 머물지 못하고 그저 멀리서 바라만 본다. 이상한 일이라는 듯이. 그나마 덜 부조리한 것은 바로 꽃이다. 꽃은 모든 색들의 외침이다. 가장 작은 데이지꽃조차 자신의 말이 들려지기를 필사적으로 원한다. 꽃은 자신의 색으로 말한다.

당신이 이 세상을 떠났을 때, 나는 꽃에 중독되었다. 집안 곳곳을 꽃으로 가득 채웠다. 당신의 죽음으로 나와 멀어진 세상은 어둠 속 검은 구슬처럼 느리게 돌아갔으나 그곳엔 화려한 꽃의 오만함과 단조로운 허무에 맞서는 노랑, 하양, 빨강, 파랑, 분홍의 외침이 있었다. 수도원의 수녀들은 도자기 병 안에 있는 장미 한 다발이 얼마나 중요한지를 알고 있다.

대리석같이 단단한 주먹이 어느새 내 가슴에서 사라지고, 아이가 자신의 얼굴을 유리창에 대고 누르듯 나는 세상으로 돌아왔다. 세상은 죽음을 좋아하지 않는다. 세상은 삶도 좋아하지 않는다. 세상은 세상만을 좋아할 뿐이다. 결국 세상은 자기 자리를 전부 되찾는다. 아니, 전부는 아닐 것이다. 당신의 부재 속에서 꽃들이 한 말을 내가 잊지 않았으므로. 마침내 듣게 된 것이다. 삶은 우리가 상상하는 것보다 또는 우리가 경험하는 것보다 훨씬 더 아름답다는 것을. 창밖으로 개머루덩굴이 보인다. 색색의 숨결이 풀밭을 가로지른다. 꽃은 영원으로부터 내리는 첫 빗방울이다.

　두 눈은 영원에 둘러싸인 채 나는 신비로운 대기를 삼
킨다. 그리고 나는 쓴다. 이것이 대답 없음에 대한 나의
대답이요, 함께 일어나는 선율이며, 시간의 잎사귀에서
들려오는 날갯짓 소리다. 당신이 더는 이 세상에 없기에,
나는 당신에게 미모사에 대해 이야기해 줄 수는 없지만
미모사는 당신에 대해 아주 잘 알려준다. 모든 고결한 것
은 죽은 자들의 나라를 건너 우리에게 이르는 것이라고.

푸른 수첩

(1980년, 『그리움의 정원에서』*, '지슬렌'에게 보낸 수첩)

Un carnet bleu

---

* 『그리움의 정원에서』 (1984Books, 2021)

너는 이 수첩을 열어볼 테고, 그 안에 담긴 것들이 하늘에 대한 이야기임을 알아볼 것이다. 우리 안에 머무는 감동적이고 야생적이며 침범할 수 없는 한밤중의 하늘을. 이 푸른 페이지들 위에 담긴 별의 하얀 반짝임도 보게 될 것이다. 소금 결정이나 불꽃에서도 볼 수 있는 하얀 반짝임을. 수많은 단어들이 네 두 눈의 아침에, 네 눈 아래로 지나갈 것이다. 이를테면 '영혼' 같은 단어들이. 영혼. 햇볕에 보송보송하게 말려 정성스레 개어 놓은 빨래. 검은 테두리를 폭풍우와 오로라의 머리글자로 수놓은, 연인들의 잠자리를 위한 금빛 침대보.

너는 계속해서 읽어나갈 것이다. 다른 단어를 향해서. 소중한 단어, 기쁨이 넘치는 단어, 기품 있는 단어들을 읽을 것이다. 절망의 단어와 희망의 단어들도. 그리고 깨닫게 될 것이다. 각 페이지에 쓰인 모든 단어들이 너에 관한 것임을. 너와 너를 향한 나의 사랑 사이, 너와 너에게 전할 나의 단어들 사이, 그리고 너와 밤에 잉태된 단어들 사이의 황홀한 우연의 일치에 관한 것임을. 그 단어들은 너를 따라 내 영혼에 들어와 나를 평화롭게 만드는 무질서가 낳은 것이었다.

내가 글을 쓸 때 네가 방해된 적은 단 한 번도 없다는 것을 알게 될 것이다. 너만을 위해서 글을 썼다는 것을 알게 될 것이다. 너를 알기 전 아주 오래전부터, 우리가 만나기 전 어두웠던 무한한 시간 속에서조차 나는 너를 위해 글을 썼다. 이 메마른 사막 속에서 난 사랑을 기다리며 글을 썼다. 사랑이 올 수 없는 불가능 속에서 사랑이 오는 것을 기다리며 글을 썼다. 밤보다 더 격렬한 단어로, 밤보다 더 어두운 단어로 글을 썼다. 밤이 지나가길 바라면서, 더 깊은 어두움으로 밤이 흩어지기를 바라면서. 그러던 내가 지금은 사랑 안에서, 밝은 빛 안에서 글을 쓴다. 빛을 지나기 위해, 더는 이지러지지 않는 빛에 도달하기 위해, 세월의 더딘 윤회에도 길을 잃지 않는 빛을 얻기 위해 빛보다 더 환한 단어들로 글을 쓴다.

너와 함께 글을 쓴다. 밤과 낮의 단어들, 사랑의 기다림과 사랑의 단어들, 절망과 희망의 단어들. 나는 너와 함께 이 단어들이 서로 다르지 않음을 본다. 우리만이 알고 있는 이 깨달음 속에서 글을 쓴다.

　너에게 쓴다. 이 수첩뿐만이 아니라 내가 쓰는 모든 것 안에 네가 있다. 몽펠리에로 보내는 이 글의 처음부터 끝까지 네가 있다. 단지 상황에 따른 것만은 아닌, 당신에 대해 말한다는 내가 처한 그 불가능성 안에 네가 있다. 네가 내 안에 있는 이 밤에, 단어들에서 비롯된 밤과 뒤섞인 네가 있는 빛나는 밤에 나는 글을 쓴다. 너에게 쓴다.

　너를 불러본다. 이 페이지 위에서 너를 부른다. 이 숲에서, 이 연못 근처에서, 이 길 위에서, 우리의 발걸음이 영원으로 닿던 이 땅 위에서 너를 부른다.

협죽도

Le laurier-rose

나는 사랑하는 사람을 잃은 후에도 읽을 수 있는 책을 쓰고 싶다.

얼마 전 아내를 잃은 한 남자는 더 이상 책을 읽지 못한다.

"나는 책에 속고 싶지 않습니다."

나는 이 말이 이렇게 들린다.

"책이나 세상 그 무엇으로 인해 그녀에게서 단 일 초라도 멀어지는 것을 원치 않습니다. 우리가 가장 소중히 여겼던 것들이 끝내 허무의 입에 삼켜지고 대리석처럼 단단한 이에 찢어발겨지는 것을 바라보는 걸 방해받고 싶지 않아요."

그가 말하는 동안 정원에 있는 하얀 협죽도가 눈(雪)처럼 보인다. 해가 지고, 꽃들은 어둠과의 싸움에 돌입하고 있었다. 내 친구의 얼굴은 장밋빛 아래에서 붉게 타올랐다. 그는 어둠 속에서 아내를 찾지만, 자신만을 발견할 뿐이다. 나는 글에 대한 그의 경계심을 이해할 수 있다. 우리가 사랑을 하며 겪는 고통 역시 우리의 사랑이며, 끔찍한 위로와는 반대로 고통은 우리의 사랑이 어둠 속으로 미끄러지는 것을 막아준다. 또 다른 꽃들이 정원을 헤맨다. 낮에는 꽃들의 푸르름에 눈이 머는 듯했다. 어둠이 엄습하자 꽃들은 굴복하고, 핏빛으로 물든다. 하지만 협죽도는 저항한다. 우리가 떠나는 순간에도 협죽도는 초자연적인 눈(雪)의 색을 잃지 않는다. 죽음의 은총으로 영혼이 된 이들이 담긴 수백 개의 상자들이 매일 땅속으로 사라지거나 불에 탄다. 그들은 모든 것을 알지만 아무 말도 하지 않는다. 그들의 침묵은 꽃의 침묵과 같다. 하지만 두 눈은 끝내 땅속에 묻히지 않는다. 담장 위를 타고 올라가는 등나무는 황홀경에 빠진 성녀*의 모습을 하고 있다. 언젠가 나는 2미터 깊이의 침묵 아래에 있게 될 테고, 그 때에 이 등나무를 기억할 것이다. 사람들은 이런 내가 너무 감상적이라고 비난하지만, 13세기 일본의 도원선사가 '삼라만상이 꽃의 감성과 감정으로 이루어졌다'라고 쓴 것에 대해서는 뭐라고 할까.

협죽도가 거대한 어둠과 벌이는 전설적인 전투를 코

---

* '조반니 로렌초 베르니니'의 작품으로 로마 산타 마리아 델라 비토리아 성당에 있다.

르네유**의 『쉬레나』***에서 다시 만난다. 한낮에 끓고 있는 용암의 혀와 같은 언어로 쓰인 작품이다. 여왕이 불을 찾으러 자신의 심부로 들어간다. 금박을 두른 그녀의 황금빛 외침은 삶의 끝없는 고통을 다시 만나기 위해 돌연 섬에서 빠져나온 17세기 어느 죽은 여인의 울부짖음이다. '항상 사랑하고, 항상 고통받으며, 항상 죽어가기를.' 이 울부짖음은 나를 겁에 질리게 하는 동시에 가득 채운다. 이 울부짖음으로 내게 평온함이 찾아온다. 늦은 시각, 『쉬레나』를 연달아 두 번이나 읽는다.

단 한 편의 시라도 주머니에 있다면 우리는 죽음을 걸어서 건널 수 있다. 읽고, 쓰고, 사랑하는 것이야말로 우리를 구원하는 삼위일체다. 시는 불타는 돌들에 둘러싸인 침묵이며 세상은 별들에까지 스며드는 차가움이다. 새벽 두 시, 여왕들은 죽고 나는 그들의 외침에 경탄한다. '항상 사랑하고, 항상 고통받으며, 항상 죽어가기를.' 세상은 이 외침에 깃든 영감을 알지 못한다. 삶의 등불을 켜주는 이는 죽은 자들이다.

---

** 피에르 코르네유는 프랑스의 비극 작가로, 몰리에르, 장 라신과 함께 17세기 프랑스의 위대한 3대 극작가 중 하나이다. 프랑스 비극의 창립자로 불리며, 거의 40년 동안 희곡을 작성하였다.
*** 피에르 코르네유의 희곡.

Ce qui me manquera dans l'éternité, ce sont les livres et les lettres. Le reste ne sera que délices, dès aujourd'hui sensibles.

내가 영겁의 시간 속에서 그리워할 것은
오직 책과 활자다.
나머지는 지금 한순간 느끼는
감각적인 희열에 지나지 않을 것이다.

사자상 머리

La gueule du lion

나에게 이상적인 삶이란 책이 있는 삶이며 이상적인 책은 어느 여름날 쥐라\*의 길에서 마주친 사자상 분수의 머리에서 흘러나오던 차가운 물과도 같다. '여름 캠프'라고 불리우는 즐거운 감옥살이를 하던 중이었다. 마치 수세기 동안 그곳에 버려진 기분이었다. 나는 불길한 노래를 불러대던 내 동료들과 함께 작은 부대에 속해 있었다. 뜨거운 태양 아래 강제 행군을 하던 중 반짝이는 거품을 뱉어내던 분수가 나타났다. 나는 얼른 사자의 입 아래로 달려가 입을 벌리고 차가운 물의 바다를 삼켰다. 물은 몸속을 타고 심장까지 내려가 내 몸을 황폐하게 하던 단념의 불을 꺼버렸다. 수십 년이 지나도 그 차가운 물이 줬던 신비로운 위안을 기억한다. 사자상의 그 입을, 책을 펼칠 때마다 찾아본다.

고서점에서 1670년도에 출간된 책을 보았다. 『종교

---

\* 프랑스 동부에 위치한 주.

및 기타 주제에 대한 파스칼의 팡세』였다. 그 시절 책을 만들기 위해서는 도끼로 나무를 베어야 했다. 그것은 천 사들이 동의하는 우애 있는 죽음이었다. 오래된 책보다 더 젊은 것은 없다. 파스칼이 어둠 속에서 돌연 나타난다. 두 눈은 황금빛으로 젖어 있다. 그의 모험은 자신의 의지보다 더 깊이 숨겨진 곳에서부터 시작되었다. 파스칼이 무언가를 위해 그 서점에 있는 것이라면, 그건 자신의 의지에 의해서가 아니었다. 어느 날 밤, 그의 영혼이 불타오른다. 생각의 말(馬)들이 잉크라는 땀에 털이 흠뻑 젖은 채 빠르게 달린다. 1654년 11월 23일 월요일 저녁, 파스칼은 계시로부터 한 줌의 불씨를 품고 돌아온다. 재 킷 안감에 숨겨둔 몇 장의 메모들. 그는 그것들을 손으로 눌러보며, 그날 자신이 본 것을 되새긴다. 영원한 것은 구겨진 종이의 바스락거리는 소리를 낸다*.

세 번의 낮과 세 번의 밤. 폭풍우에 시달려 낡은 이 작은 돛배에서 사흘 밤낮을 보냈다. 잠에 들면 무엇도 움직이지 않았다. 꿈에서 새어 나온 도깨비불만이 표면에 균열을 만들 뿐, 모든 것이 어둠에 흠뻑 젖은 뇌의 검은 초원에서는 풀 한 잎도 바람에 흔들리지 않았다. 잠의 위

---

* 블레즈 파스칼은 1654년 11월 23일, 깊은 종교적 체험을 한 후 그날의 감동을 간단한 글로 기록해 두었고, 이 글을 비단 조각에 적어 자신의 재킷 안감에 숨겨두었다. 그는 이 메모를 항상 가까이 두며 자신의 신앙적 전환과 그 순간의 강렬한 경험을 되새겼다.

력으로 뇌의 어두운 선창은 봉인되었다. 그럼에도 나는 파도의 숨소리를 들었다. 무거운 물기둥이 내 뼈들을 짓눌렀고 단단한 어둠의 손이 내 뺨을 때렸다. 별과 바다와 배와 내가 최후를 향해 이끌리듯 가고 있었다.

그 배 위에서 보낸 세 번의 낮과 밤 동안, 내 심장이 가슴에서 떨어져 나와 검은 두 눈에 비친 두려움의 심연 속으로 미끄러져 가는 것을 느꼈다. 두려움은 얼굴이 되었다. 나와 별과 악마와 신과 그 모든 것들의 종말을 드러내는 얼굴. 두려움 자신만은 제외였다. 나는 계속해서 말하고 먹었다. 다른 것을 생각했다. 그럼에도 달콤하고 잔인한 두려움은 나를 떠나지 않았다. 붉은 내 피는 검게 변해 갔고 밤은 심장까지 차올랐다. 밤은 나무가 울어대는 이 낡은 배에 실린 화물이었다. 나는 죽는다는 게 무엇인지 알게 되었다. 고개를 들어 별들이 비처럼 쏟아지다 사라지는 것을 보았다. 아무 것도 남지 않았다. 이유도 모른 채 올라탔던 배 주위로 시커먼 물이 원을 그리며 소용돌이치는 모습만 보였다. 검은 불길의 장벽이 사방을 에웠고 비명에 둘러싸인 술통만이 남아 있었다. 나는 사흘 밤낮을 그 안에서 구르며 피와 힘을 잃어갔다.

믿음은 그 끝에 있었다. 아니, 그 끝이 아니라, 검은 덩어리의 **안쪽에**, 벌어진 어둠의 입안에, 노란 점의 믿음이 있었다. 그랬다. 결국 어둠이라는 역경을, 분명히 있을 난파라는 다음 시험을 통과해야만 했다. 사나운 눈으로 바라보는 두려움을 껴안아야만 했다. 갓 구운 빵을 사랑하듯 두려움을 사랑하고 두려움을 건너야 했다. 다리를 잃고 심장을 잃어도 계속해서 나아가야 했다. 하늘이 쇳가루로 뒤덮이는 것을 보고, 별들이 더러운 금가루처럼 떨어지는 것을 봐야만 했다. 그 순간, 재앙이 완벽히 이루어진 바로 그 순간에 신뢰와 평온을 담은 선한 목소리가 들려왔다. 배를 항구로 되돌려줄 것을 약속하던 밝은 황금빛 목소리가.

깨어있는 상태로 보낸 세 번의 낮과 밤 동안 영계(靈界)를 가리던 장막이 찢어지는 불길한 소리를 들었다. 눈앞에서 신의 죽음을 직접 목격했다. 엄청난 양의 검은 물이 뇌의 지지대 안에서 폭발했고 계획과 꿈은 모두 산산조각이 났다. 그럼에도 여전히 아주 작은 믿음이, 죽음과 망망대해보다도 더 깊은 곳에 평온의 믿을 수 없는 흔적이 있었다. 죽음에 기대어 있었는데, 한순간에 모든 것이 뒤집어졌다. 나는 그 전복을 경험했던 것이다.


무슨 일 있어? 아니, 아무것도. 조지프 콘래드의 『태풍』을 막 다 읽었어. 읽는 데 꼬박 사흘 밤낮이 걸렸네.

재밌었어? 네 질문에 어떻게 대답해야 할지 모르겠어. 책이란 등대의 불빛 그 이상도 그 이하도 아니니까. 책은 황폐한 우리 머릿속 궁전에 불을 켜줄 뿐이지. 그렇지만 글은 죽음보다 더 많은 것을 알고 있어. 그건 확실해. 내가 사흘 밤낮을 들여서 알아낸 사실이야.

금빛 눈동자

Des yeux d'or

오늘 두 가지 중요한 일이 일어났다. 나는 곧바로 더는 그런 일은 없을 것임을 예감할 수 있었다. 모든 것이 끝난 것은 오후 두 시. 하루에 경이로움을 두 번이나 겪다니, 놀랍지 않은가.

첫 번째 기적은 미나리아재비로 뒤덮인 풀밭에 초콜릿처럼 진한 갈색 머리를 파묻고 있던 말의 모습으로 찾아왔다. 그 동물은 금빛과 에메랄드빛을 발하며 풀을 먹고 있었다. 먹는다는 건 진지한 일이다. 진지한 동시에 꿈을 꾸는 일이다. 그것을 볼 수 있어 참으로 행복했다. 그날, 말의 모습을 한 현자가 금빛 조각을 머금은 풀빛을 씹고 있어서 하늘은 여전히 무너져 내리지 않았다. 무언가 종교적인 느낌이 드는 광경이었다. 곧이어 평범한 일상이 다시 조용히 고개를 들었다.

자연 속에는 고대 알파벳 조각들이 있다. 대문자 조

각들, 이탤릭체로 흐르는 개울, 고요하고 푸른, 드넓은
간격. 때로는 이해하지 못하는 은총으로 여러 문자들이
모이고, 단어들이 그 사이사이 숨 쉬는 침묵과 함께 나타
나 하나의 문장을 그린다. 당신은 그 문장을 보고 읽지만,
문장은 그 자리에 그대로 머물지 않고 빠르게 사라진다.

　부드럽게 반짝이는 금빛 풀밭에 머리를 파묻은 갈색
말이 삶에 무한한 안도감을 주는 하나의 문장을 만들고
있었다. 그건 어린아이의 순수함에서 받는 감동, 천진난
만한 아이를 볼 때 마음에 이는 바람과 같은 것이었다.
갈기를 두른 천사와 황금빛에 대한 커다란 갈망, 그 광경
이 내 마음에 같은 바람을 일으켰다. 내가 보고 있던 것
은 며칠 동안 그치지 않고 내린 비로 무성하게 자란 풀
을 뜯고 있는 한 마리의 말일 뿐이었다. 하지만 기적은
거기에 있었다. 그 모습에서 나는 별을 먹는 천사, 무위
의 시간을 보내는 수도승을 보았다. 그건 삶이 우리에게
화가 나지 않았다는 증거였다. 삶은 말의 모습을 한 태평
한 문지기와 함께 초록빛과 노란빛을 띠며 다가왔다. 형
체도 없고 만져지지도 않던 삶이 이토록 가까웠던 적은
없었다.

　사실, 난 가끔 내가 정상인지 의문스러워 나 자신에

게 질문을 던진다. 대답은 늘 '아니오'이다. 하지만 나는 이 대답이 걱정스럽지 않다. 중요한 건, 우리 눈의 창에서 터져 나오는 기쁨이 가진 힘인 것이다. 한번 나타나기만 하면, 단 한 번만이라도 나타난다면 모든 것은 구원받는다. 그렇다면 두 번은 어떻겠는가. 풀을 씹고 있던 말이 구현해 낸 놀라운 평화를 만난 후, 두 번째 기적이 테이블에 놓인 스위트피 꽃다발의 모습으로 다가왔다.

푸른색과 분홍색 꽃들에는 신성한 숨결이 담겨 있었다. 우아한 환영과 같은 그 모습 속에서 사랑이 주는 고통의 가벼움도 느낄 수 있었다. 기적 — 이것에 초점을 맞추자면 — 은 항상 두 단계로 이루어졌다. 먼저, 단조롭고 이론의 여지 없는 삶이 있다. 이 스위트피 꽃다발은 내가 집으로 가져온 것이다. 다른 게 아니라 단지 꽃이 예뻐서였다. 기적은 두 번째 단계에서 일어난다. 우리 눈 밑에서 잠들어 있던 것이 깨어날 때 말이다. 삶에서 갑자기 떠오르는 것이 우리 눈을 도려내고 그 자리에 황금빛 눈을 심는다. 눈을 뜨면 단 한 줄기 빛이 죽음의 모습과도 같았던 삶의 모습을 태워버린다. 비록 우리가 보고 아는 것을 말로는 설명하기 어렵지만, 마침내 우리는 말(馬)이나 스위트피의 모습을 한 기적을 보고 깨닫는다. 푸른색과 분홍색 꽃들에 대해 말하자면, 나는 그것들이 오래 마주 보고 있기 힘들 만큼 섬세하다는 것을 문득 깨달았다. 순수함은 태양보다 더욱 강렬한 태양이다. 단 하루도 빠짐없이, 나는 경이롭고도 고통스러운 교훈을 얻는다.

내 눈꺼풀 아래에서 금빛 눈이 자라난다. 나는 그 눈을 통해 세상을 바라본다. 그 순간은 금세 지나가고 지속되지 않는다. 어느새 말은 다시 말이 되고 꽃은 다시 꽃이 된다. 금빛 눈은 광채를 잃거나 인형의 머리에서 눈을 빼내듯 빼앗긴다. 나는 다시 원래의 눈과 평범한 일상으로 돌아온다. 하지만 과연 평범할까?

Quand ils voient un miracle
la plupart ferment les yeux

대부분의 사람은 기적을 만날 때 눈을 감아버린다.

새로운 삶

Vita Nova

나는 알코올 중독자가 마신 술병보다 더 많은 수의 책을 읽었다. 책과 멀어진 삶이란 단 하루도 생각할 수가 없다. 책이 가진 느림에는 병을 고치는 사람의 방식이 녹아 있다. 나는 눈부신 고요함이 있는 하얀 백악질의 절벽에 조각된, 책이라는 시원한 예배당에서 수많은 여름을 보냈다. 성화상 빛깔을 띤 책장에서 천국과 지옥의 공간을 새로 칠한 시인의 책들을 꺼낸다. 그 중『새로운 삶』이란 책을 무작위로 펼쳐 두 아이의 옷에 쌓인 먼지를 떨어내 주고는 빛을 향해 달려나가도록 놓아준다.

　지하 저장고에 좋은 와인을 꺼내러 가듯 단테는 지옥으로 내려간다. 내가 그를 따라 무덤이 불타는 장소를 건너고 있을 때, 정원 끝에서 누군가를 부르는 소리가 들려온다. 처음에는 환청이라 생각한다. 다시 소리가 들려 창가로 다가가 밖을 확인해 보니 사냥꾼이 멀리 흩어진 개들을 부르고 있다. 나는 저 개들을 안다. 어느 일요일, 그들 중 한 마리가 우리 집 앞까지 온 적이 있다. 짧은 털에 녹초가 되어 로마네스크 양식의 부조에 붙잡힌 악마처럼 우울한 모습을 하고 있던 개는 석화된 눈물 같은 방울이 달린 목걸이를 목에 건 채 흔들고 있었다. 나는 개에게 빵 한 조각을 주었고 이 친절이 개를 짓눌렀다. 마치 그것이 그 개가 아는 단 하나의 천국이라는 듯이, 개는 주인에게 받는 학대에 익숙해 보였다. 모든 희망으로부터 하얗게 눈이 먼 그 개는 가여운 도살 기계에 불과했다. 개는 단테의 시편들 중 하나의 단층을 따라 지옥을 오르고 있었다. 어느 순간 사냥꾼들이 부르는 소리가 더는 들리지 않았다. 개를 찾아 자동차의 철창에 태운 것이 분명했다.

단테는 불타는 강 언저리에서 선한 일도 악한 일도 하지 않고 인생을 살아온 사람을 발견한다. '오직 자신을 위해서만 존재하는 이 사람들'은 천국에서 거부당하고 지옥마저 그들을 뱉어버린다. 벌거벗겨진 채 수천 마리의 벌(蜂)에 쫓기는 형벌이 그들을 기다리고 있다. 나는 책을 덮고 시(詩) 속에서 보던 것과 다름없는, 가엾은 악마들이 있는 세계로 돌아온다.

오툉*을 다시 찾았다. 이십 년 전 이 길을 함께 걸었던 여인의 이름이 입술 끝에 머물러 있다. 그녀의 웃음소리를 기억하는 나무들이 추억 위로 따뜻한 색감의 얼룩을 퍼붓고 있다. 감춰져 있던 슬픔이 터져 나오듯, 커브길을 돌자 학교가 불쑥 튀어나온다. 암소들 사이에서 묘지 하나가 깊은 생각에 잠겨 있다. 비 온 뒤의 흙 내음이 다가오는 끝없는 시간을 걱정 없이 살라고 설득한다.

나는 〈사냥 중〉이라고 쓰여 있는 표지판을 보고 발걸음을 늦춘다. 검은 멧돼지 한 마리가 5미터 앞쯤 떨어진 길 위로 갑자기 튀어나온다. 우리의 삶이 서로 교차한다. 멧돼지가 목숨을 걸고 있을 때, 나는 책을 읽는 행복한 시간을 떠올리고 있었다. 공포에 사로잡힌 신은 잡목림으로 달아나고, 신을 믿지 않는 무장한 이들은 신의 자취를 놓치고 말았다. 어떤 이들은 관자놀이에서 죽음의 벌들이 웅웅대는 소리를 듣고, **같은 순간** 또 어떤 이들은 감미로운 것들을 읽으며 자신들 앞에 놓인 아득히 펼쳐진 시간을 음미한다. 나는 이 삶이라는 것을 더는 이해할 수 없다.

우리는 죄로 붉게 물든 두 손으로 삶을 헤쳐나간다. 죽음이라는 홍수가 그 손을 하얗게 씻어주리라.

---

\* 프랑스 동부 부르고뉴프랑슈콩테 주에 위치한 도시.

Les âmes
sont des compas dont
la pointe tremble à
l'instant de se planter.
Seuls les saints en tracent
le cercle parfait.

영혼은 꽂히는 순간 중심이 흔들리는 컴퍼스다.
오직 성자만이 완벽한 원을 그린다.

# 삶의 손길

La main de vie

질서를 바로잡기 위해 지상으로 내려온 용감한 두 천사, 메뉴인*과 오이스트라흐**가 오래된 흑백 영화에서 바흐 협주곡을 연주한다. 두 바이올리니스트의 연주는 너무도 강렬해서 마치 연주를 하는 것이 아니라 대화를 하는 것처럼 보일 지경이다. 오이스트라흐는 어머니가 갓난아이의 숨결을 살피는 것보다 더 열렬하게 자신의 바이올린 소리를 듣는다. 천상에 소속된 턱시도를 입은 두 사람이 길을 가로막는 돌을 집어 멀리 던져버리듯 세상을 들어 올린다. 그들의 하얀 손이 까마귀처럼 새까만 소매에서 날아오른다. 메뉴인은 생각의 무게에 눌려 눈을 감고, 그의 귀족 같은 얼굴을 침묵의 주인이 있는 무대의 가장 높은 곳을 향해 들어 올린다. 그의 손은 백조의 부리 같고, 활은 그가 어루만지는 현에 의해 세차게 퉁겨진다.

---

* 예후디 메뉴인, 미국에서 태어난 영국의 바이올리니스트 겸 지휘자이다.
** 다비드 표도르비치 오이스트라흐, 소련의 저명한 바이올리니스트이자 지휘자이다.

나는 바흐가 광인이었다는 것을 알고 있다. 그것을 듣는다. 그는 불안의 광기로 미쳐버렸다. 바흐의 음악은 두 팔을 펼친 엄마의 품속에 안착하리라는 것을 굳게 믿는 아이가 그의 미숙한 다리로 한순간 돌진하는 것처럼 신에게 달려든다. 불안의 손에 떠밀려 깊은 구렁 속으로 달려가던 아이는 때마침 있던 어머니의 품에 안기며 고요해진다.

두 음악가를 찬미하는 아버지의 흑백 사진 한 장을 알고 있다. 사진 속 아버지는 눈밭에서 차가워진 두 손을 비비고 있다. 아니 한 손이 다른 한 손을 커다란 믿음으로 감싼다는 말이 더 맞을 것이다. 이 동작으로 아버지는 당신처럼 오늘날 세상에 없는 두 명의 거장과 다시 만난다. 그들을 보며 차갑게 얼어붙은 세상을 건너기에 충분한 따스한 불을 얻는다. 붉은 장미의 내부처럼 어두운 밤이다. 조르주 드 라투르의 그림 속, 어둠에 불을 밝힌 막달라 마리아의 양초 심지가 타들어 가는 소리가 들린다. 별과 별 사이의 공백보다 더 커다란 인간 사이의 공백이 보인다. 모든 이들은 각자의 어두운 욕심을 위해 일하고, 일하고 또 일한다. 일하지 않는 이들은 짓밟힌다. 바흐는 불안이 너무 커서 침대 머리맡에 영원한 것을 두는 어린 아이다.

입에 담배를 물고 있는 천사가 집에서 설거지를 하고 있었다. 아버지는 씻은 컵 세 개를 손에 들고 항상 내게 말씀하셨다. "절대 세게 쥐면 안 돼, 깨지거든." 글쓰기도 마찬가지다. 내 두 손은 꽃무늬 접시들을 다시 찾아, 따뜻한 레몬 물을 비처럼 뿌려 접시들이 다시 살아나게 하는 것에 만족해한다. 설거지는 세상의 첫 번째 아침의 빛을 물질 한 조각에 되살리는 형이상학적 활동이다. 저 멀리 텔레비전은 침묵과 몽상의 신성한 머리를 아무런 감정 없이 잘라버리는 사형집행자처럼 자신의 우울한 임무를 완수한다. 광고 행렬이 공기를 찢고, 음울한 기적의 비가 세상에 쏟아져 내린다. 젊고 반짝이며 세밀하게 계산된 미소를 짓고 있는 피조물이 바로 그 세상 속 예언자다. 우리는 그러한 보상의 꿈을 만들 정도로 매우 불행한 것이 틀림없다. 먹고 남은 음식이 쓰레기통으로 미끄러져 들어가는 동안 등 뒤에서 이익만을 좇는 마네킹들이 전파에 나와 끔찍한 식탁을 차리고 있다. 진실이 담겨 있지 않은 목소리는 세상의 종말보다 더 끔찍하다. 무엇 하나 달라지지 않는다. 더러워진 그릇은 하루에 두 번 다시 태어난다. 그것은 일상의 수수께끼 같은 진부함이 밀려왔다 밀려가는 조수(潮水)와도 같은 움직임이다. 나는 손으로 하는 '옛날 방식'의 설거지를 좋아한다. 금빛 마스크를 쓴 모델들이 기이한 물건들을 자랑한다. 마치 죽음을 치료할 수 있는 약이라도 찾았다는 듯이. 하지만 죽음은 병이 아니다. 크리스털 잔이 싱크대에서 깨지고 손가락에 핏방울이 맺힌다. 핏방울. 살갗이라는 하늘에 걸린 빨간 구름, 살아있는 자가 중얼거리는 한 편의 시. 짐승과 구름 그리고 접시는 삶이 주는 커다란 충격을 알고 있다. 그들의 우수, 그들의 흩어짐, 그들의 이가 빠진 테두리가 그것을 증명한다. 나는 쇠똥, 종이로 된 책 그리고 손으로 하는 설거지를 신봉한다. 서투름으로 붉어진, 상처 입은 삶만큼 진실한 것을 본 적이 없다.

어느 날 의사가 실수로 결석에 의한 통증을 완화하기 위해 잘못된 주사를 놓았다. 잠시 뒤 내 얼굴과 가슴은 토마토처럼 빨간 반점으로 덮이고 혈압은 급격히 떨어졌다. 의사는 알레르기 반응을 멈추기 위해 앰풀을 깨뜨렸고, 아버지가 내 손을 잡아주었다. 눈을 감았고 아무것도 들리지 않았다. 아버지의 손만이 느껴졌다. 나는 그 손길이 나를 온전히 보호해 주기에 충분할 정도로 작아져 있었고, 몸과 영혼을 그 손에 맡겼다. 다소 묵직하고 주름진 그 손은 나의 피난처, 확신, 모든 믿음이 되어주었다. 메뉴인과 오이스트라흐의 손도 마찬가지다. 그들의 손은 삶이라는 신성한 붉은 손이 검게 변하다가 이내

차갑게 굳지 않도록 붙잡아 준다. 아름다움에는 부활의
힘이 있다. 보고 듣는 것만으로도 충분하다. 우리가 살아
있는 동안 천국에 들어서지 못하는 건 주의를 기울이지
않아서, 오직 그 이유 때문이다.

살아있는 보물

Trésors vivants

세상은 성인(聖人)들로 넘쳐난다. 순교자들 말이다. 나는 저 두 단어를 구분하지 않는다. 우리는 날마다 늘고 있는 그들을 '알츠하이머'라 부른다. 점점 더 늘어나는 그 병이 우리에게 기본으로 축소된 삶을 선물한다. 고단하고 기진맥진하게 만드는 일들, 물건을 사고 타인을 질투하고 경쟁에서 승리하는 것이 전부인 현대 생활의 모든 질서에서 우리를 해방한다. 이들에게는 삶이 아닌 삶, 한 번도 삶이었던 적이 없는 삶은 끝이 난 것이다. 그들의 눈은 깊이를 가늠할 수 없는 것들을 향해 두려울 정도로 열려 있다. 그들이야말로 세상을 허물어뜨리는 형이상학적 질병의 먹잇감이다. 우리는 그들을 살아있는 보물처럼 여겨야 한다.

그들은 종종 길을 묻는다. 서글픈 유희들로 화려하게 빛나는 형편없는 세상에서 길을 잃은 우리에게 길을 묻는다. 그들은 떨리는 손으로 천사의 손을 찾는다. 천사가 존재한다는 걸 알기 때문이다. 가끔 그들은 한때 그들과 가까웠던 죽은 이들에게도 말을 건넨다. 모든 것을 잊은 그들이지만 오래전 그들의 마음을 사로잡은 이들은 잊지 않는다. 아버지는 어릴 적 죽은 동생을 떠올릴 때마다 눈물을 흘리셨다. 모든 것이 비워지고 투명해진 그의 마음속에서 한 장면이 불타올랐다. 동생의 병이 전염된다는 것을 모른 채 아버지는 죽어가는 동생에게 입 맞추기 위해 붉은 솜이불로 덮인 침대를 산처럼 오르다가 의사로부터 뺨을 맞았다. 이 설명할 수 없는 따귀에 대한 욱신거림을 아버지는 수십 년 후에 느꼈다.

몰인정의 유산으로 등록될 만한 요양원이라는 곳에서 아버지는 일 년을 머물렀다. 그러나 그의 얼굴은 결코 생기를 잃지 않았다. 사람들은 그들이 우리를 알아보지 못한다고 말하지만, 나는 그 말을 믿지 않는다. 알아본다는 것은 사랑한다는 것이고, 사랑한다는 것은 말로 표현할 수 없는 원초적인 것이다. 비록 아버지는 나에 대한 기억을 모두 잃었음에도 내가 누군지 여전히 알고 계셨고, 나는 그것을 느끼고 있었다. 우리가 직접 경험하고 느끼는 것들은 과학이 우리에게 말하는 모든 것들보다 훨씬 커다랗다. 내 이름을 기억하지 못하는 아버지는 질문들에 교묘히 돌려 답했다. 내가 누군지 물으면 '우리가 잊지 않은 녀석'이라 하셨고, 어머니에게는 '최고로 훌륭한 사람'이라고 대답했다. 쉽게 기억을 잊는 이 사람들은 중요한 것은 절대 잊지 않는다. 그것이 우리와 다른 점이다.

우리는 모두 한 줌의 부스러기로 끝날 것이다. 나는 전쟁터 같은 그곳을 돌아다니며 훼손된 영혼과 체념의 끔찍한 상처를 봤다. 무엇보다도 침묵을, 침묵의 경종을 들었다. 내가 본 것은 숭고하고, 지겹고, 끔찍했다. 닫힌 얼굴들. 부재하는 말들. 그곳에는 모두 열댓 명의 노인들이 있었다. 식사가 카트에 실려 오면, 이들은 식탁에서 하루에 두 번 서로 마주한다. 그들이 서로를 선택한 것은 아니지만, 아주 어렸을 때부터 그들은 이 만남을 위해 길에 올랐다. 젊음, 아름다움 그리고 그들이 얻은 지위 앞으로 장막이 드리운다. 무언가를 보기 위해서는 얼굴을 찌르는 허무의 가지들을 걷어내야만 한다. 한 할아버지가 제정신이 아닌 옆 사람의 잔에 설탕을 넣어준다. 한 할머니는 다른 할머니가 빵을 자르는 것을 도와준다. 이 노인들 한 사람 한 사람 모두 커다란 존재이지만, 정작 이들은 그 사실을 모른다. 이 말을 듣기라도 한다면 코웃음을 칠 것이다. 누군가 그들을 한 사람씩 찾아가 그들이 저 위에서부터 내려온 지령이자 숙명으로 여기는 무기력에서 그들을 끌어내야만 한다.

우리는 모두 한 줌의 부스러기로 끝날 것이다. 나는 그들이 잃어버린 분노를 대신 품고 있다. 그들은 아무도 찾지 않는 숲속 노란 야생 수선화보다도 더 버려져 있다. 그들도 어린 시절에는 이 꽃들보다 훨씬 더 많은 빛을 영원히 약속받았다. 그런데 지금은 어떠한가? 바람은 우리가 결코 그 얼굴을 볼 수 없는 성인이다. 바람은 수선화에게 끊임없이 말을 건넨다. 심지어 바람이 더는 말을 하지 않을 때도 수선화는 여전히 바람의 목소리를 듣는다. 그런데 여기, 이 방 안에 바람은 어디 있는 걸까? 가여운 이들, 흔들리는 가여운 불꽃들. 더듬거리며 말하는 별들. 이 사람들이 사랑스러운 이유는 그럼에도 불구하고 살아 있다는 것이다. 황폐할수록 더욱 고귀하다. 나는 허무 속에서 황금을, 진창에 던져진 얼굴에서 보석을 보았다. 우리는 모두 한 줌의 부스러기로 끝나겠지만, 이 부스러기는 금으로 되어 있고 때가 되면 천사가 그것으로부터 다시 온전한 빵을 만들 것이다.

Les fleurs de cerisier
Condamnées à mort
en rient de plus belle.

곧 저버릴 벚꽃이 더 환하게 웃는 법이다.

멈춰 있는 순간들

Les minutes suspendues

진정한 아름다움을 알아보기 위한 확실한 방법은 아름다움이 얼마나 미움을 받는지 헤아려 보는 것이다. 광장 공포증이 있는 수도사가 조각을 채색하기 전까지 그리스도의 얼굴은 백금 같은 가래침으로 얼룩져 있었다.

대기의 초록빛 종이를 가위로 조심스레 오려 만든 아칸더스 잎이 마글론 성당 아래쪽에서 너울거린다. "잡초처럼 빨리도 자라네." 지나가던 한 여인이 꽃의 아름다움을 시기하며 한 마디를 내뱉는다. 정숙한 꽃받침 위의 연보라와 잿빛이 감도는 꽃잎들은 소리 없는 아우성으로 영원한 존재를 찬양한다. 가시가 난 줄기들, 잎에 핀 갈색 반점 그리고 지상에 내리는 비는 언제나 그래왔듯이 대기의 신을 호위한다. 평범한 자들, 가난한 자들은 그들이 가진 먼지처럼 보잘것없는 것들을 들어 그들의 핏줄 같은 별을 반긴다. 나는 크뢰조 알르바르 거리의 얼룩진 보도 위에 쪼그려 앉아 어린 소녀에게 낙엽의 찬

란함과 외벽에 금을 긋고 돌로 된 페이지 아래에 자신의 주석을 덧붙인 시간의 풍요로운 서체를 보여주고 있었다. 멈춰 있던 순간들, 내 인생에서 가장 아름다운 순간들이었다.

아직 완전히 붉지 않은, 이제 막 분홍빛이 돌기 시작한 커다란 어린 개머루 잎을 태어난 지 몇 달 안 된 아기의 통통한 손가락 사이에 끼워보라. 놀라움에서 즐거움으로 변해가는 아기의 눈을 바라보라. 아기가 그 장밋빛 살결을 찢는 것을, 기적을 죽음으로 이끄는 천진함과 그 장면이 단순해진 당신의 마음 안에 심은 즐거움을 보라. 개머루 잎에만 있던 장밋빛은 이제 잘게 찢겨 먼지의 먼지가 되어 대기 중에도, 당신의 입술 위에도, 당신의 두 눈동자 속에도, 별안간 새로워진 당신의 영혼 깊숙한 곳에도, 그 어디에나 존재한다. 당신은 방금 신의 통통한 손가락 사이에서 세상의 탄생과 그 끝을 바라본 것이다.

나는 성당에 들어갈 때 결코 신에 대해 생각하지 않는다. 내가 그곳에 가는 것은 내 어깨 위에 와 닿는 친구의 차가워진 옛 손길을 느끼기 위해서다. 그때마다 나는 한때 모든 것을 이루었지만 이제는 눈송이 하나조차 날리지 못하는 죽은 이들을 보려고 애쓴다. 그러나 예배당을 둘러싼 촛불만이 보일 뿐이다. 약간의 밀랍과 쓸모없는 금, 수 톤의 돌들이 보호하고 있는 어린아이의 보석만이. 모든 것이 고요하지만 동시에 경계상태에 있는 갓난아이의 머릿속을 걷듯 예배당의 중앙 홀을 걷는다. 바로크 음악가들이 저녁에 있을 연주회를 연습 중이다. 그들 중 한 명이 동료를 즐겁게 해주려고 말 가면을 쓴 채로 트럼펫에 힘 빠진 공기를 조금씩 내뱉는다. 성단의 대리석 물결 위로 십자가 수난상이 트럼펫만큼이나 밝게 빛난다. 부재하는 그리스도와 바로크 연주자가 매 순간의 경이로운 최후를 노래하는 송가를 즉흥적으로 연주한다.

가까운 바다의 돌로 지어진 마그론 성당은 속이 비어 있는 커다란 조개껍데기 같다. 소라게처럼 그 안에 머무르던 신은 떠났다. 조금 전만 해도 이곳에 있었는데, 이제는 정원 끝으로 멀어지고 있다. 나는 건축 용어로 사용되는 아칸더스 잎이 로마네스크 양식의 석재 장식에서만 볼 수 있으며 악마와 성인을 드러내는 역할을 한다고 생각했는데, 자연 속에서 자란 모습을 발견했다. 그것들이 정원을 마치 정글처럼 보이게 한다. 꽃들 주변에는 공작새들이 배회하고 있다. 그들의 울음소리에는 장엄한 애도가 깃들어 있다. 삶에서 강제로 떼어내진 존재의 울부짖음. 청명한 날에는 신의 형상까지 보인다.

Le silence,
Ce cadeau des anges
dont nous ne voulons
plus, que nous ne
cherchons plus à
avoir.

고요함, 천사가 보내준 이 선물을
사람들은 더는 원하지도, 열어보려고도 하지 않는다.

천사보다 나은

Mieux qu'un ange

이른 아침. 그리스도가 세상 풍파에 시달려 낡아버린 집을 나선다. 그의 나이는 대략 서른 살 정도. 손에 들린 것이라고는 아무것도 없다. 그가 자신에게 주어진 가시밭길을 걷기 시작하고, 그가 떠난 후에는 그의 친구들이 가시덤불 조각을 거둔다.

관자놀이를 스치는 선선한 바람의 환희, 두 손안에 고인 물의 비밀, 길에서 마주친 여우의 찬란함, 이것들 중 어느 것도 우리에게 이르지 않는다. 대부분은 목자나 어부, 포도 재배자들이 사는 인고의 세계에서 그들의 아름다움을 끌어온 몇 마디 말이 전해질 뿐이다. 이것이 가장 위대한 시인들의 땅에 남겨진 발자취의 전부이다. 실제로 시인이 된다는 것은 삶과 죽음을 직접 마주 보고, 공허한 마음속에 잠든 별들을 깨우는 것이다.

주석자들은 이 방랑자의 말들을 닳아 낡을 때까지 사

용했다. 그러나 그가 남긴 말들은 끊임없이 저항한다. 단순한 것은 실로 마르지 않는 법이다. 풀밭에 떨어진 배 위로 모여드는 말벌들처럼 그의 얼굴 주위로 모여든 신학자들이 전율한다. 너무나도 인간적이어서 숭고한, 비탄에 잠긴 얼굴이다.

"나의 하느님, 나의 하느님, 어찌하여 나를 버리셨나이까?"

그리스도의 이 외침이야말로 넘치는 사랑의 말이다. 그 안에 담긴 내면의 떨림을 누구나 알고 있다. 어떤 생명도 이 외침을 피할 수는 없다. 이 외침의 말이야말로 사랑의 핵심이며, 잠들어 있으나 꺼지지는 않는, 떨리는 불꽃이다. 그것은 또한 신의 존재에 대한 유일한 증거이기도 한데, 무(無)에 이처럼 말을 걸지는 않기 때문이다. 누구도 허공을 비난하지는 않는다.

이어 남은 것이라고는 아무것도 없다. 숨이 끊기고, 기운이 떠나고 남은 썩어가는 육신뿐이다. 그러나 폭발하듯 터져 나오는 이 마지막 말이 그리스도를 천사보다 더 나은 존재로 만든다. 그는 불안하고 연약한 우리의 형제인 것이다.

"나의 하느님, 나의 하느님, 어찌하여 나를 버리셨나이까?"

침묵하는 하느님의 대리석같이 차가운 얼굴을 향해 터질 이 외침으로 인해, 이 말을 내뱉은 자는 가까운 이들 중에서도 가장 가까운 우리의 친구가 된다. 잘려버린 핏줄에서 피가 쏟아져 나가듯 믿음이 우리를 떠날 때, 우리를 죽이는 것들에게 계속해서 애정 어린 말을 건네는 우리 자신이 된다.

어둠이 짙어져야 비로소 별은 드러난다.

Les morts sont des gens étranges. Leurs paupières ont la lourdeur des pierres de monastère. On les dirait captifs d'une lecture pour nous indéchiffrable.

죽은 자들은 낯선 이들이다.
그들의 닫힌 눈꺼풀에는 수도원 석재의 육중함이 있다.
마치 우리들은 이해할 수 없는 글을 읽는 일에
사로잡힌 것처럼.

작은 숯

Le petit charbonnier

호박빛 두 눈이 감기는 죽음을 보았다. 성 프란체스코의 수척함을 닮은 검은 새끼 고양이의 눈이었다. 내가 글을 쓰고 있는 이 집을 둘러싼 숲에서 나온 고양이었다. 그 소중한 존재는 죽음의 손길을 맞이하기 전까지 이 년이란 시간 동안 나에게 기쁨을 가져다주었다. 마지막 순간에 고양이의 몸은 봉제 인형같이 부드러웠고, 두 눈은 충격으로 크게 떠지는 그 순간까지 기어이 버티며 호박빛으로 온 세상을 가득 채웠다. 고양이가 느낀 놀람은 바로 무언가가 막 탄생하려는 순간을 감지한 진정한 철학자가 느낄 법한 것이었다. 곧이어 래커처럼 맑게 윤이 나는 검은빛이 고양이의 눈을 덮었다. 이집트의 신을 닮은 가면을 쓴 누군가가 나를 보지도 않은 채로 그 눈을 통해 나를 관찰한다. 너무도 생각이 깊어 판결을 내리지 못하는 어느 판사의 모습처럼. 밤의 왕국들은 무심하게 나를 응시한다. 이내 모든 것이 끝난다. 어떤 안도감과 온화함 그리고 우아함이 그날 밤 우주에서 영원히 사라져

버렸다. 그 밤을 다시 떠올릴 때마다 기다란 섬광이 나의 뇌를 관통하고선 우글대는 하얀 빛무리 속으로 사라진다. 나는 빛을 잃어가는 순수함을 지켜보는 명예롭지만 고통스러운 일을 맡았다. 시간의 심연으로부터 시작된 거대한 검은 파도가 마침내 그의 것 중 하나를 되찾았다. 고양이는 자신의 아름다운 두 눈의 근원에 도달한 것이다.

암컷 고양이가 새끼 고양이를 물어 안식처에 데려다 놓듯이 삶은 우리를 죽음으로 이끈다. 나비의 부서지기 쉬운 날개부터 죽은 이들의 근심스러운 얼굴에 이르기까지, 우리가 탐구해야 할 동일한 비밀이 담겨있다. 새끼 고양이의 감춰진 두 눈이 이름 없는 계시로 우리를 데리고 간다. 이 계시의 이름을 찾기 바라는 기대로 가장 순수한 시가 쓰이고, 소리 내어 말할 수 없는 이름의 표면을 만지기 위해 우리는 책 위에 손을 올린다.

우리는 저 멀리서 때때로 요란한 소리가 들려오는 거대한 검은 파도보다 조금 앞서 있다. 금세 잃어버릴 이 앞섬으로 무엇을 해야할까? 의미 있는 일이란 무엇일까? 시골길을 걷고 책을 펼치고 한 송이의 장미가 꽃봉오리를 터뜨리는 모습을 바라보는, 그런 사소한 일이 아니라면 말이다.

새끼 고양이는 침대의 갈색 이불 위를 걸을 때면, 작은 빛의 자국을 남겼다. 고양이가 돌아가신 아버지의 무릎 위로 경이로운 도약을 했다. 이제 나는 고양이가 어떤 존재인지 안다. 바로 고양이의 모습을 하고 다가와 당신의 마음을 사로잡는 존재다.

반환

La restitution

신이 인간에게 지상을 점령하라고 명령한다. 모두가 달려가는데 한 집시만이 오디나무 앞에서 검은 핏빛 열매를 응시하며 서 있다. 마침내 그녀가 달려가기 시작할 때는 이미 모든 것이 끝나 있다. 근원적이고 맹목적인 그녀가 바로 시인들의 어머니다. 세상의 모든 라비아*가 이 빛나는 느림보의 후손으로 오늘날 파리의 거리를 점령한 집시의 모습까지 이어진다.

그녀는 언제나 같은 옷을 입고 다닌다. 영혼에 의해 닳고 닳은 치마, 그중 하나는 강렬한 체리빛 빨간색으로 유명 디자이너의 치마들보다 더욱 생기 있다. 재앙의 광채를 입은 그녀가 여왕처럼 도착한다. 그녀의 얼굴은 붉은 립스틱을 입술에 바른 성령의 비둘기 같다. 자신들의 죽음마저 삼켜야 했던 고난을 건너온 사람들만이 그러

* 무슬림들이 사용하는 여성 이름으로서, 어두운 겨울이 지나고 난 삶의 시작, 희망, 행복의 도래를 상징한다. 최초의 여성 수피 성인 라비아 바스리의 이름에서 유래했다.

하듯, 그녀는 삶을 사랑한다. '그녀는 맨날 똑같은 치마를 입어'라는 소문은 그녀에게 치명적인 판결이나 다름 없다. 그러나 이는 그녀 안에 있는 절대성을 알아보지 못하는 것이다. 그 절대성이 그녀로 하여금 한 편의 시만큼 눈부신 치마를 찾게 만든다. 그녀는 변명 삼아 이렇게 대답한다. "나는 가난을 사랑해요. 하지만 금실 같은 약간의 화려함은 있어야 해요."

파리의 어느 세일 날 수피즘의 태양같이 다채로운 색상을 보이는 신비로운 치마가 그녀의 눈에 들어왔다. 그것은 갠지스 강가에서 만든 치마로, 결혼 반지를 통과했다는 전설의 드레스만큼 가벼운 것이었다. 배고픈 어린 인도 소녀가 서양 부자들을 위해 짠 그 치마는 다채로운 빛줄기로 우주를 물들이며, 그것을 가져가는 이는 태양의 강렬한 빛에 사로잡힌다. 셰에라자드의 치마를 비닐봉지에 넣고 하늘 아래를 거닐며 즐거워하는 그녀는 날카로운 가시로 가득한 세상이란 무대 위를 춤추는 빛나는 무용수 같다.

그녀는 길에서 한 늙은 집시를 지나친다. 육체와 영혼은 극심한 빈곤의 지독한 불길 속에서 녹아내렸고, 지팡이를 짚은 손은 덩굴손으로 휘감긴 포도나무 그루처럼 보인다. 솔은 썩은 붕대처럼 관자놀이에 붙어 있고, 흐린 두 눈동자 위로 부드러움을 가장한 불길한 그림자가 드리워져 있다. 이성의 화려한 몰락, 하늘의 떨림은 실제로 일어나는 모든 일처럼 순식간에 일어난다. 그녀가 거지 여인에게 비닐봉지를 건네자 거지는 투덜거리며 '천일야화'의 치마를 낚아챈다. 천사들의 공방에서 나온 빛나는 천으로 만들어진, 신의 존재가 새겨진 증거를. 그리고 신비로운 행위에 의해 이끌린 그녀는 자신의 삶의 심연 위를 걸으며 자리를 떠난다. 그것은 어떠한 희생도 아닌, 어디서 왔는지 모르는 은밀한 명령에 대한 순종이었을 뿐이다. 노인은 치마를 죽은 이들과 함께 식사하는 동화 속으로 가져갔고, 그렇게 세상의 표면에서 사라졌던 치마의 광채는 그것을 건네준 이의 말 속에서 되살아난다. 그녀의 말은 본질을 간직하는 데 그치지 않고, 그 이상의 가치를 부여한다. 가장 소중한 것을 세상으로부터 약탈당한 이들에게 되돌려주는 숭고한 기쁨은 그녀의 시를 통해 영원히 지속된다.

J'ai fait la course sur la terrasse avec une fourmi et j'ai été battu. Alors je me suis assis au soleil et j'ai pensé aux esclaves milliardaires de Wall Street.

개미 한 마리와 테라스에서 경주를 벌이다 지고 말았다.
그렇게 나는 햇살 속에 앉아
월 스트리트의 억만장자 노예들을 생각했다.

열쇠 꾸러미

Un trousseau de clés

한 철학자의 책을 읽다가 웃음이 거대한 파도처럼 밀려왔다. 고요히 진동하는 은밀한 웃음이었다. 얼굴 위로 번진 웃음은 피부의 떨림에 지나지 않았지만, 그 아래 심장은 불타올랐다. 내 가슴 안에서 격정이 일었다. 철학자는 비범한 사람이었다. 그는 풀숲에서 잃어버린 열쇠 꾸러미를 찾아냈다. 화려한 도시의 열쇠처럼 금으로 만들어진 크고 아름다운, 그러나 동시에 거의 쓸모없는 열쇠들이었다. 문이 없었기 때문이다. 애초에 문은 존재하지 않았다. 그러므로 열쇠는 아무짝에도 쓸모가 없었다. 그래서 고요하고도 커다란 웃음이 났던 것이다.

나는 창가에 놓인 프리지어 다발과 함께 그 웃음을 나누고 있었다. 눈앞에서 솜털이 날아올랐다. 한낱 먼지에 불과해도 기쁠 수 있는 법이다. 꽃이 자신의 온갖 색으로 웃어댔다. 창 반대편에서는 거미가 은빛 거미줄을 오르고 있었다. 가벼운 말 한마디처럼 하늘로 곧장 올라

갔다. 그것은 모든 철학의 쓸모없음을 비웃는 듯한 움직임이었다. 창 주위의 꽃과 개머루, 그리고 책상 위에 놓인 아무것도 적혀있지 않은 흰 종이가 그러하듯이. '책상'이라는 단어조차 익살스럽고 우스워졌다.

나는 이 철학자를 진심으로 좋아했다. 그의 문장은 숨통을 틔게 해주는 밝고 자비로운 평화로 가득했다. 그러나 환한 웃음이 그보다 더 강렬했다. 그 웃음은 저 먼 별들 끝에서 누군가 던진 돌처럼 내게 왔다. 철학자의 책들은 고무줄로 얼굴에 고정해 놓은 마분지 가면과 같다. 그 가면 아래에서는 공기가 부족해 숨쉬기조차 힘이 든다. 이것 봐, 향기로 방을 가득 채운 꽃이 내게 말했다.

이것 봐, 어디에도 문은 없어. 우리의 향기, 우리의 색과 웃음만이 있을 뿐이야. 다른 세상은 이 웃음에서 시작되지. 다른 세상이 바로 이 웃음인데, 왜 다른 곳에서 다른 것을 찾고 있어? 아이처럼 숨어 있던 신이 본심을 드러내는 순간이 있는데, 그때 옆을 지나가면 커다란 웃음소리를 들을 수 있어. 그 웃음은 음악 안에서, 침묵 안에서 들을 수 있지. 꽃봉오리가 벌어질 때에도, 흘러가는 구름 뒤에서도, 이가 빠진 누군가의 입속에서도 들을 수 있고 말이야. 웃음은 세상 곳곳에 있어.

아주 작은 방 안에 울리는 꽃다발의 소리는 경이롭다. 꽃들은 나를 취하게 했다. 세상의 그 어떤 철학도 데이지 한 송이, 가시나무 한 그루, 머리를 민 수도승 같은 모습으로 태양과 얼굴을 마주하고 대화하며 웃고 웃고 또 웃는 조약돌 하나와 견줄 수 없다.

나는 하늘의 푸르름을 바라본다. 문은 없다. 아니면 오래전부터 문은 이미 열려 있었는지도 모른다. 가끔 이 푸르름 안에서 꽃의 웃음과 같은 웃음소리를 듣는다. 곧장 나누지 않으면 들을 수 없는 소리를.

그 푸르름을, 당신을 위해 여기 이 책 속에 담는다.

J'ai pris la main du diable. Sous ses ongles noirs j'ai vu de la lumière.

악마의 손을 잡았다.
그의 검은 손톱 밑에서 빛을 보았다.

# 환희의 꽃, 환희의 설거지

김연덕 시인

당신만 괜찮다면 설거지에 대한 이야기로 시작해 볼
까 한다.* 부엌과 일터, 양쪽에서 많은 시간을 보낸 나의
엄마는 늘 나에게 설거지와 다림질이 신성한 일이라고
했다. 마음의 더러운 것, 구겨진 것을 구석구석 씻어내고
펴낸다고 생각하며 일하면 어느새 집안일이 끝나 있다
고, 이건 극도로 정신적인 일이라고. 스무 살부터 시작한
아르바이트에서 종일 수없이 많은 접시와 컵과 식기들
을 닦을 때마다 나는 엄마의 그 말을 떠올렸다.

재미있게도 주로 내가 일했던 곳에서의 설거지는 손
으로 하는 '옛날 방식'이 많았는데, 접시를 닦고 다음 접
시를 집을 때까지의 짧은 순간, 깨지지 않도록 손끝의 힘
을 조절해 개수대에 유리컵을 내려놓던 찰나, 식기의 표
면에 맺힌 물방울이 여러 각도의 빛으로 반짝이다 이내
사라지던 장면이, 당시 10시간 이상의 노동으로부터 나

---

* 17p, '당신만 괜찮으시다면 파랑에 대한 이야기로 시작해볼까 합니다.'

를 붙잡아 주던 힘이었다. 설거지가 '세상의 첫 번째 아침의 빛을 물질 한 조각에 되살리는 형이상학적 활동'이라는 크리스티앙 보뱅의 문장을 읽었을 때, 그래서 나만 아는 주방이나 싱크대에서의 빛들을, 고무장갑을 꼈음에도 붉어졌던 손끝을 떠올릴 수밖에 없었다. 그는 뒤이어 말한다. 설거지는 '수수께끼 같은 진부함이 밀려왔다 밀려가는 조수와도 같은 움직임'이며, 그것은 '삶이 주는 커다란 충격을 알고 있고', '그들의 우수, 흩어짐, 이가 빠진 테두리가 그것을 증명한다'고. 보뱅은 손으로 하는 설거지에서 '서투름으로 붉어진, 상처 입은 삶만큼 진실한 것'을 기어코 발견해 낸다.

보뱅에 의하면, 산더미 같은 설거지거리들을 눈앞에 둔 싱크대 앞도 '참으로 흔하게 일어나는' 일종의 전쟁터다. 접시들은 사람과 마찬가지로 시간과 빛과 죽음의 정직한 지배를 받는다. 이들은 '너무도 작아서 말로 하면 훼손될 위험이 있는 어떤 것'이고, '결코 순리를 거스르지 않는 것'이며 '순수하지 않은 것 사이에서 꽃을 피우는 순수함'이다. 결국 접시들은 보뱅 자신이 닿고자 했던 글쓰기의 모양, 굴드가 더 자세히 듣고 싶어 했던 추위 속의 음악이자 철학자가 찾은 쓸모없는 열쇠들인 것이다. 그의 설거지는 그가 본 '가장 사소한 것'이었고, 흩어짐이나 이가 빠짐으로 '죽음의 문을 여는 것'이었으며,

'멈추지 않는 삶' 자체였다.

보뱅은 책이 한 장 한 장 진행될 때마다 '불확실함을 견디고 주저함에 미소지으며, 다른 모든 것은 잊은 채로 우리 안의 희미한 생의 움직임에 주의하는' 사람들을 차례로 소개한다. 어린아이일 때 눈이 내린 풍경을 모두 검게 칠했던 술라주를 비롯해 음악만을 남기기 위해 캐나다로 떠난 굴드, 재킷의 안감에 바스락거리는 영원을 넣고 불씨와 함께 달리던 파스칼, 신성한 삶이 차갑게 굳지 않도록 마주 본 채 대화 같은 연주를 하던 메뉴인과 오이스트라흐, 불안이 너무 커 침대 머리맡에 '영원한 것'을 두던 광인 바흐. 불안과 고요, 침묵과 삶, 사랑과 고통이 하나의 몸이라는 사실을 누구보다 생생히 증명해 내고 있는 이 사람들의 희미하고 환한 얼굴에 보뱅이 사랑했던 여자, 지슬렌*의 얼굴 역시 언뜻 겹쳐진다.

술라주와 굴드와 파스칼의 설거지를 상상해 본다. 깨지기 쉬운 유리를 대하는 손끝의 예민한 움직임을, 해질녘 어둠에 잠긴 그들의 극도로 진부하고 생활적인 뒷모습을 그려본다. 테두리의 이가 빠진 그릇, 가끔은 떨어트려 완전히 깨지고 마는 접시 조각들 사이에서 죽음의 색

---

* 이 책에서 「푸른 수첩」의 수신자. 『작은 파티 드레스』(1984Books, 2021)의 「작은 파티 드레스」속 여인이자, 『그리움의 정원에서』(1984Books, 2021)의 주인공.

을, 삶의 선율을 그려보았을 그들의 영혼을 불러내 본다. 설거지의 찰나, 기대하지 않았던 일이 비밀스럽고 무성히 일어났을 그들 내면의 부엌을 불러내 본다. '두려움을 사랑하고 두려움을 건너며' 일상의 평범함과 싸워나갔을 메뉴인과 오이스트라흐의 다림질을, 바흐의 이불장과 옷장과 서랍을, 5분 동안의 산책을 500년의 행복으로 바꾸려 했던 지슬렌의 산책**을, 그리고 '사랑하는 사람을 잃은 후에도 읽을 수 있는 책을 쓰고 싶다'는 보뱅을 떠올린다. 모두 '숭고하고, 지겹고, 끔찍한' 침묵 속에 불쑥 나타나는, 수수께끼인 인간들이다. 걱정거리와 해야 할 일들로 가득 찬, 매우 바쁜 이들이었지만, 그들은 멈추지 않는 삶을 살았다. 미모사처럼, 우리가 떠나는 순간에도 초자연적인 눈(雪) 색을 잃지 않는 협죽도처럼, '자신의 말이 들려지기를 필사적으로 원하는' 가장 작은 데이지꽃처럼, 가시나무 한 그루처럼.

보뱅은 꽃과 글이 죽음보다 더 많은 것을 알고 있다고 한다. 테이블에 놓인 스위트피 꽃다발에서, 황폐할수록 더욱 아름다운 노란 수선화에서, 영원한 존재를 찬양하는 아칸더스 잎에서 그는 '항상 사랑하고, 항상 고통받으며, 항상 죽어가기를' 외친 피에르 코르네유의 희곡을 읽어낸다. 환희의 꽃을, 환희의 설거지를 읽어낸다. 일상

---

** 『그리움의 정원에서』(1984Books, 2021)

과 영원, 죽음과 삶, 음악과 설거지의 투명하고 무한한 연결을 가늠케 하며, 가능케 한다. 그리고 마침내 우리가 그의 환희에 동참할 때, 각자의 '옛날 방식' 수도꼭지에서 기쁨의 물이 뚝뚝 떨어지고.

나는 설거지가 잔뜩 쌓인 개수대를 내려다본다. 문은 없다. 아니면 오래전부터 문은 이미 열려 있었는지도 모른다. 가끔 접시들끼리 부딪치는 소리에서 꽃의 웃음과 같은 웃음소리를 듣는다. 곧장 나누지 않으면 들을 수 없는 소리를.

이 접시와 컵과 식기들을, 당신을 위해, 그리고 크리스티앙 보뱅을 위해 여기 이 글 속에 담는다.*

---

* 175p, '나는 하늘의 푸르름을 바라본다. 문은 없다. 아니면 오래전부터 문은 이미 열려 있었는지도 모른다. 가끔 이 푸르름 안에서 꽃의 웃음과 같은 웃음소리를 듣는다. 곧장 나누지 않으면 들을 수 없는 소리를. 그 푸르름을, 당신을 위해 여기 이 책 속에 담는다.'

옮긴이  **이주현**

이화여자대학교 불어불문학과를 졸업하고, 프랑스 고등국립학교에서 PSL 석
사 과정을 이수했다. 현재 프랑스에 거주하며 기업과 정부 및 사회 기관에서 통
번역가로 활동하고 있다.

**환희의 인간** L'HOMME-JOIE

1판 1쇄 2021년 12월 15일
2판 1쇄 2025년 1월 15일

지은이  크리스티앙 보뱅
역자  이주현
펴낸이  신승엽
펴낸곳  1984BOOKS

편집  신승엽 · 북디자인  신승엽

주소  전북 익산시 창인동 1가 115-12
전자우편  1984books.on@gmail.com
전화  010.3099.5973 · 팩스  0303.3447.5973
인스타그램  @livingin1984 · 페이스북  /1984books

ISBN  979-11-90533-51-5  03860

**1984BOOKS**